Javier Tomeo
Die Silikonliebhaber

Quart*buch*

Inhalt

»Die Liebe ist ein Krokodil im Fluss der Sehnsucht.«
Indisches Sprichwort

Anstelle eines Vorworts

Heute Morgen habe ich aus meinem Briefkasten die ersten siebzehn Blätter jenes erotischen (möglicherweise pornographischen) Romans gezogen, den mein lieber Freund Ramón M. (dessen wahre Identität ich verständlicherweise nicht preisgebe) zu schreiben begonnen hat, wobei er sich bestimmt das lange Wochenende anlässlich des Verfassungsfeiertags zunutze gemacht hat, der dieses Jahr gnädigerweise auf einen Dienstag gefallen ist.

In einem handgeschriebenen Begleitbrief kündigt er die Sendung von weiteren zehn oder zwölf Blättern an und bittet mich, nicht nur die erste gründlichst zu korrigieren, sondern in Gottes Namen auch alle anderen, die er mir nach und nach schicken will.

Zu viel Vertrauen schlägt auf den Magen, sagt das Sprichwort. Meiner Meinung nach verbietet es allein schon der Umstand, dass Ramón sich jahrelang eine Geliebte mit mir geteilt hat, sich solche Freiheiten herauszunehmen. Wahrscheinlich stellt er sich vor, wir schrieben den Roman gemeinsam – so etwas hat er mir gegenüber verschiedene Male angedeutet –, aber ich denke nicht daran, seinem Drängen nachzugeben, angesichts der knappen Zeit, die mir meine Beschäftigung lässt (ich widme mich dem Vertrieb und Verkauf tropischer Früchte, insbesondere Chirimoyas und Mangos), und vor allem im Lichte meiner (ich gestehe das demütig ein) dürftigen Erfahrungen auf dem Feld der gelesenen wie praktizierten Erotik und Pornographie.

So will ich denn hier im Folgenden jene siebzehn Blätter wiedergeben – geschrieben mit doppeltem Zeilenabstand, mit ziemlich großen Buchstaben, Schrift wahrscheinlich Adobe Garamond, dreizehn Punkt, dieselbe, die ich in den Briefen an meine Lieferanten in Übersee verwende.

Wie Sie sich denken können, habe ich nichts in den Text hineingeschmuggelt, das auf meinem eigenen Mist gewachsen ist. Lediglich das eine oder andere Komma habe ich mir zu ergänzen erlaubt, an einigen Stellen habe ich ein V durch ein F ersetzt und umgekehrt, und hie und da wurde ein im Eifer des Gefechts wohl übersehenes E nach dem I hinzugefügt. Die zwischen Lakonie und sanftem Pessimismus oszillierende Stimmung des Originals habe ich mich zu erhalten bemüht.

ERSTE LIEFERUNG

1

Die Geschichte, die zu lesen Sie sich anschicken – so wendet sich Ramón zu Beginn des ersten Heftes an seine Leser –, hat ein Ehepaar mittleren Alters als Protagonisten. Er heißt Basilio K. und sie Lupercia J. Die Nachnamen werden hier verschwiegen, was jeder verstehen wird, der die im Folgenden erzählte, unanständige Geschichte liest. Sowohl Basilio wie Lupercia haben ein überaus gewöhnliches Aussehen, das nicht einmal die paar Worte einer Beschreibung lohnt. Hier möge der Hinweis genügen, dass Basilio Segelohren und kräftig gewölbte Augenbrauen hat. Seine Schulzeit verbrachte er im Colegio Alemán, weshalb er noch heute, fünfundvierzig Jahre danach, mit durchaus passabler Aussprache jene Zeilen aus der *Götterdämmerung* singen kann, in denen von *Altgewohntem Geräusch* die Rede ist und die noch heute vielen braven deutschen Bürgersleut die Haare zu Berge stehen lassen.

Lupercia ihrerseits hat eine ausgeprägte Neigung zum Alkohol (besonders zu Rum und süßem Anisschnaps), obwohl sie sich so gut wie nie betrinkt, jedenfalls nicht in der Öffentlichkeit. Sie gehört zu jenen Frauen mit starkem Knochengestell, mächtigem Gebärapparat und kräftigem

Haarwuchs, die auch noch dem unerschrockensten Mann Respekt einflößen, wenn er ihnen begegnet.

»Bärtige Fraun sollst von Weitem du schaun«, dämmert es vorsichtigen Nachbarinnen, und schon wechseln sie die Straßenseite.

Basilio ist im Sternzeichen des Schützen geboren und als solcher ein sexuell wenig aktiver Mensch, obwohl er Berührungen und lange Küsse sehr mag. Lupercia ihrerseits ist Krebs und folglich, wie die meisten Krebse, eine ruhige Frau, von der beim Sexualakt keine spitzen Schreie oder Begeisterung für ausgefallene Stellungen zu erwarten sind, nicht einmal in der funkensprühenden Zeit der Jugend.

Das Ehepaar besitzt in seinem Stadtviertel ein kleines Kurzwarengeschäft, spezialisiert auf sogenannte Reizwäsche (überwiegend Tangas und fantasievolle Strumpfbänder), das ihnen einen relativ sorglosen Lebenswandel erlaubt. Sie leben in einer einhundertzehn Quadratmeter großen Wohnung, im dritten Stock, und schlafen in Zimmern, die durch einen langen, dunklen Flur getrennt sind. Das Fenster von Basilios Zimmer geht auf einen Lichthof, das im Zimmer von Lupercia, das erheblich größer ist, auf die Calle General Recaredo, benannt nach einem Militär, welcher in einem der vielen Kriege, die dieses Land während des vergangenen Jahrhunderts mit durchaus geringem Nutzen für die Nachwelt erschütterten, eine heldenhafte Rolle spielte.

Das Wohnzimmer, beherrscht von einem großen Fernseher mit Dreiundzwanzig-Zoll-Flachbildschirm, befindet sich auf halbem Wege zwischen beiden Zimmern, aber die Küche liegt näher bei dem von Basilio und schaut auf den Innenhof hinaus. Im Wohnzimmer gibt es des Weiteren noch einen Gummibaum aus Plastik sowie das ovale Porträt eines bärtigen Ritters, das vor mindestens hundert Jahren entstanden ist.

Die Wohnung, deren Fußboden mit großen, schwarzweißen Bodenplatten gekachelt ist, verfügt außerdem über zwei Badezimmer, das eine mit Badewanne und Bidet und das andere, das zu Basilios Zimmer gehört, nur mit Dusche. Bis vor wenigen Jahren hing auf dem Balkon ein Käfig, bewohnt von einem anarchistischen Papagei, der sich den Tag damit vertrieb, ständig »Auf die Barrikaden!« zu kreischen, der aber am Ende, nach wochenlangem Keuchen und zunehmender Schwäche und Kraftlosigkeit, von einer Infektion der Luftsäcke dahingerafft wurde.

Indem ich die beiden Eheleute in getrennten Zimmern schlafen lasse, präzisiert Ramón, will ich zu verstehen geben (ohne übermäßig viele Worte zu verschwenden), dass sich Basilio und Lupercia nicht mit ihren jeweiligen Schnarchgewohnheiten herumschlagen müssen und grundsätzlich keine sexuellen Beziehungen unterhalten.

Allerdings – so hält er des Weiteren fest – tröstet sich jeder der beiden mit einer Puppe aus Silikon, die sie in den Tiefen ihrer in ihren jeweiligen Zimmern stehenden Kleiderschränke verwahren und die sie, wenn nötig, mit Luft füllen, zu welchem Zweck sie sich jener Geräte bedienen, mit denen man üblicherweise Fahrradreifen aufpumpt.

2

Die eine Puppe heißt Marilyn und verließ vor erst sieben Monaten die Fabrik, in Gesellschaft weiterer achthundertfünfzig Puppen derselben Baureihe, die umgehend in sämtliche Sexshops im ganzen Land ausgeliefert wurden.

Sie wiegt etwas über zehn Kilo, ist schwarzhaarig, hat mandelförmige Augen und funktioniert mittels neuartiger Alkalibatterien, die ihre Energie aus einer Verbindung von Magnesiumdioxid, Ammoniumchlorid, Zinkchlorid und dem Hydrooxid eines bisher unbekannten Metalls beziehen, was eine praktisch unendliche Lebensdauer ermöglicht.

Marilyn gehört zur dritten Generation des Sexpuppentyps Minerva HP-457 und verfügt, abgesehen von den Alkalibatterien, über weitere charakteristische Eigenschaften, die sie von ihren Vorgängermodellen unterscheiden. Zu ihrem Repertoire gehören diverse, überaus raffinierte Leistungen. So ist sie beispielsweise in der Lage, entsprechend der dreißig im Kamasutra genannten Kussvarianten auf vierzehn verschiedene Arten zu küssen, ihre hervorragendsten Eigenschaften jedoch bestehen in den Varianten des sogenannten Flimmerkusses sowie des Elektrokusses, die einander beide recht ähnlich sind. Es handelt sich hierbei um zwei Klassen speichelfreier und folglich bakterienfreier Küsse, die aber dennoch den Testosteron- und Dopaminspiegel des Geküssten in beträchtlicher Weise zu heben imstande sind.

Hinzu kommen weitere Leistungen, über welche die Vorgängermodelle nicht verfügten. So kann sie beispielsweise Teile der bedeutendsten Opernarien im Originaltext singen und dabei die Augen schließen, während der gute Basilio sie zu vögeln versucht, sicherlich, um den Partner nicht mit ihrem hypnotischen, von jeder Spur eines Gefühls entleerten Blick zu verstören.

Und es gibt noch mehr charakteristische Eigenschaften, die man bei der Mehrheit ihrer Kolleginnen vergeblich sucht. Ein leichter Druck auf ihre linke Brustwarze beispielsweise setzt ein Klangdispositiv in Gang (eine simple, im Brustraum installierte CD), das übertrieben lautes Gestöhn hören lässt. Drückt man auf die rechte Brustwarze, ermuntert die Puppe in jenem unschuldigen Ton, der den raffiniertesten Verführerinnen erwachsener Menschen zu eigen ist, ihren Partner, sämtliche sexuellen Fantasien, die ihm einfallen, in die Praxis umzusetzen. Drückt man jedoch gleichzeitig beide Brustwarzen zusammen, setzt man damit weitere Klangdispositive komplexerer Art in Gang, und die Puppe beginnt, wie oben bereits erwähnt, Fragmente aus Opernarien zu singen, so zum Beispiel die ersten Strophen der berühmten Seguidilla aus *Carmen*:

Près des remparts de Séville
Chez mon ami Lillas Pastia,
J'irai danser la seguidille
Et boire du manzanilla.

Des Weiteren möchte ich nicht hinzufügen vergessen, dass sich die Puppe durch die Art, wie die Schaltkreise der Festplatte programmiert sind, mit der Zeit immer weiter von selbst verbessern und perfektionieren kann. So wird sie noch vor ihrem ersten Geburtstag – sagen wir innerhalb von mehr oder weniger fünf Monaten – über einen erheblich vergrößerten Wortschatz verfügen, komplizierte Sätze bilden und bestimmte Gefühle zeigen können, die nicht einmal ein Mensch aus Fleisch und Blut so ohne Weiteres von sich zu geben imstande sein dürfte. Ihre Kenntnisse in der Opernliteratur werden zu jenem Zeitpunkt ebenfalls erheblich fortgeschrittener sein, und es ist anzunehmen, dass sie während der ersten Wochen des kommenden Frühlings ohne größere Anstrengung (und nicht zu vergessen in perfektem Deutsch) die Zeilen

13

Ach Jammer! Jammer! Weh'!, ach Wehe!
All mein Wissen wies ich ihm zu!

wird singen können, mit denen in der *Götterdämmerung* Brünnhilde ihrer Verzweiflung Luft macht. Lupercias Puppe, ihr Name ist Big John, funktioniert mittels der gleichen Alkalibatterien. Benutzerinnen können durch einen einzigen Druck auf den rechten Hoden in den Genuss eines harten Penis gelangen. Drückt die Frau auf den linken Hoden, so erhöht sich der Härtegrad des Penis, von hart über sehr hart bis superhart, dem laut Klassifikation prominenter Sexualwissenschaftler maximal zulässigen Härtegrad.

Um den Wünschen einiger sadistisch veranlagter Benutzerinnen entgegenzukommen – Lupercia gehört übrigens nicht dazu –, hat der Hersteller überdies für ein Programm gesorgt, mit dessen Hilfe der Puppe langgezogene Schmerzensschreie entlockt werden können, und zwar indem man nichts weiter tut, als einmal kräftig an den Hoden zu ziehen, wie der Küster am Glockenstrang.

Big John ist darüber hinaus aufgrund einiger etwas komplizierter Vorrichtungen dazu fähig, in jedem beliebigen Sado-Maso-Szenario den Boss zu spielen und seine gefügigen Sklavinnen mit einer sechsschwänzigen Peitsche zu züchtigen; er ist außerdem imstande, jede Frau aus Fleisch und Blut im Umkreis von fünfzig Metern in aggressiver Weise sexuell zu belästigen, um für den Fall, dass eine entsprechende Anzeige von der betroffenen Person vorliegen sollte, auf der Stelle und ohne den Umweg über ein vorheriges Gerichtsurteil elektronisch kastriert zu werden.

Basilio kaufte seine Puppe am zweiten Januar dieses Jahres, ließ aber in der Rechnung das Datum des dreiundzwanzigsten Dezembers eintragen, um seine Bruttoeinkünfte vom Vorjahr zu verringern. Probieren kann man's ja, fand er. Zehn Tage später kaufte Lupercia ihre Puppe in einem Sex-Shop der Konkurrenz, allerdings ohne Steuertricks.

Am Vormittag des fünfzehnten Januars, während sie in ihrem Unterwäschegeschäft darauf warteten, dass der erste Kunde die Tür öffnete, beichteten sie einander den Kauf der Puppen.

»Du sollst wissen«, gestand Basilio, »dass ich mich vor ein paar Tagen entschlossen habe, mir eine Puppe zu kaufen. Neuestes Modell. Eine wunderhübsche, aufblasbare Puppe, ein Sonderangebot. Also wundere dich bitte nicht, wenn du die Matratze nachts ein bisschen heftiger knarren hörst.«

»Sieh mal einer an, ich habe mir auch eine tolle Puppe gekauft«, gestand ihrerseits Lupercia, »aber ich erzähl dir lieber nicht, was der alles kann.«

Dazu nickte sie heftig mit dem Kopf, wie um sich selbst zu bestätigen, aber weitere Einzelheiten wollte sie nicht verraten.

»Du weißt ja, wie es mit uns steht«, seufzte sie, mit einer gewissen Wehmut, und erinnerte sich an ihre Hochzeit.

»Ja, ja, die Welt dreht sich, die Jahre vergehen«, seufzte auch der Mann, während er sich an seinen Junggesellenabschied erinnerte und wie er anschließend die Nacht durchsoffen hatte.

Dann sagten sie gar nichts mehr. Es erschien die erste Kundin des Tages und verlangte einen Tanga mit Strumpfbandhalter. Die Frau – Lupercia hatte sie im Viertel schon häufig gesehen – hatte die Sechzig garantiert längst überschritten, tat aber jugendlich frech wie eine Schülerin.

»Geschenk für meine Nichte«, log sie schamlos. Sie fand aber nicht das gesuchte Modell und ging gruß-los wieder zur Tür hinaus, hinterließ allerdings den betäu-benden Duft eines französischen Parfums.

»Kannst Du mir mal sagen, welche Tussi allen Ernstes ihrer süßen kleinen Nichte einen Tanga mit Strumpfband-halter schenkt?«, ereiferte sich Lupercia und tauschte ei-nen vielsagenden Blick mit Basilio.

Gehen wir einmal davon aus, dass die beiden Puppen ih-ren Herrschaften einmal pro Woche sexuell zur Verfügung zu stehen haben. Basilio treibt es Freitag nachts mit Mari-lyn, und Lupercia beschäftigt sich in gleicher Weise mit Big John, und zwar Samstag nachts, wobei ihr entgegen-kommt, dass der nächste Tag ein Sonntag ist und sie aus-schlafen kann.

Sie verfahren also nach jenem althergebrachten Grund-satz, der da lautet: Pro Woche einmal hin und her nützet der Gesundheit sehr, und man kann infolgedessen nicht davon sprechen, dass an den sexuellen Aktivitäten des Paares irgendetwas Besonderes wäre.

Es handelt sich – so präzisiert Ramón – um Begeg-nungen niedriger Intensität, die menschlich gesehen nicht gerade mit übermäßig viel Enthusiasmus aufgeladen sind, ebenso wenig jedoch vonseiten der Puppen, die schon nach kurzer Zeit wieder in ihre Kleiderschränke zurück-kehren, wo sie bis zu jenem Tag verstauben, an dem sie wieder herauszitiert werden.

Sexualwissenschaftliche Pedanten – so fügt Ramón hinzu – würden solche sexuellen Begegnungen vielleicht als Vögeleien oder Fickereien zwischen Gelangweilten und Trauerklößen bezeichnen, bei denen, wie im Falle von Ba-silio, nicht unbedingt markerschütternde Erektionen gefragt sind, der Körper aber dennoch für ein paar Tage von einem saftigen Muskelkater heimgesucht wird.

Jeden Sonntag, egal bei welchem Wetter, essen Basilio und Lupercia in einem auf Reisgerichte spezialisierten Restaurant am Hafen zu Mittag. Auf diese Art erinnern sie sich, wenn auch nur einmal wöchentlich, daran, dass sie während einer kurzen Zeitspanne in ihrem Leben einigermaßen glücklich miteinander gewesen waren und sich sogar das eine oder andere zu sagen gehabt hatten, auch wenn es nicht besonders wichtig war.

Beim Essen gönnen sie sich, während sie mit der Messerspitze die Muschelschalen knacken, sogar den Luxus, sich mit der Andeutung eines Lächelns kurz in die Augen zu sehen. Sie verzichten fast immer auf eine Nachspeise und fahren, kaum dass sie mit dem Essen fertig sind, in ihre Wohnung zurück, mit unterschiedlichen Verkehrsmitteln, wie um zu demonstrieren, dass ihre einstige Liebe zueinander unwiderruflich erkaltet ist. Basilio fährt mit der Straßenbahn, Lupercia mit dem Bus, und zwar genau auf dem über der Hinterachse gelegenen Sitzplatz, in der Hoffnung, dass sie, wenn der Bus über Kopfsteinpflaster fährt, von dem Geratter ein bisschen geil wird.

3

Sonntag, achter Oktober – damit beginnt das vierte Kapitel von Ramóns Manuskript. An einem Tag wie heute, allerdings viele Jahre früher, erblickte Christoph Kolumbus, der zu jenem Zeitpunkt gewiss nicht mehr alle fünf Sinne beisammen hatte, einen Vogelschwarm, der über seine Karavelle flog.

Einmal abgesehen von sonstigen Positions- und Orts-
bestimmungen, fährt Ramón fort, ist dies genau das Datum, welches ich mir für den Beginn meiner Geschichte
ausgewählt habe. Es ist einer jener geheimnisvollen Tage,
an welchem jeden x-beliebigen Sprössling aus unserer Mitte, auch wenn er keinen Grund dazu hat, die Lust anwan-
deln kann, hemmungslos loszuheulen. Ein sanfter Regen
fällt vom Himmel, in dessen Totenmaskenantlitz sich bis
zu fünf oder sechs verschiedene Grautöne unterscheiden
lassen. Von fern hört man die Sirene eines Krankenwagens
auf dem Weg zum Seuchenhospital, während ein paar frie-
rende Tauben auf dem Mauersims Schutz suchen.

Basilio und Lupercia betreten um zwei Uhr vierzig, also zehn Minuten später als vorgesehen, das Restaurant,
weil Lupercia ein paar Minuten lang vergeblich ihren Re-
genschirm gesucht hatte.

Mit leichtem Kopfnicken begrüßen sie den Küchen-
chef (die finstere Attitüde dieses Menschen ist allerdings
auch nicht geeignet, seinen Zeitgenossen Gesten übertriebener Vertraulichkeit zu entlocken), setzen sich an einen
Tisch in der Saalmitte und harren schweigend der Dinge.
Sie hätten sich auch an irgendeinen anderen Tisch setzen
können (da sie die einzigen Gäste sind, steht ihnen das
gesamte Lokal zur Verfügung), aber sie ziehen es immer
wieder vor, sich an diesem Tisch niederzulassen, genau
unter dem schweren Bronzeleuchter, möglicherweise in
der unausgesprochenen Hoffnung, er möge eines Tages
herabstürzen und sie unter sich begraben.

Fünfzehn Minuten später wird ihnen eine Paella aus
der Gefriertruhe vorgesetzt, mit vier, fünf Muscheln und
einem Krebsschwanz pro Kopf. Eigentlich ungewöhnlich,
dass man diese Sorte Paellas in einem auf Reisgerichte spezialisierten Restaurant serviert, aber Basilio und Lupercia

haben nichts dagegen und verspeisen kommentarlos in Nullkommanichts alles, was man ihnen auf ihren Teller gelegt hat. Lupercia benutzt die Gabel, wie es sich gehört, Basilio isst mit dem Löffel, wahrscheinlich, um schneller fertig zu werden. Sie zahlen getrennt, ohne Trinkgeld, das sie ohnehin nur selten geben, und verlassen das Restaurant mit gesenktem Blick, beschwert vom Reis, den sie unter einigen Mühen zu verdauen beginnen.

An diesem Sonntag kehrt Basilio mit dem Bus nach Hause zurück und Lupercia mit der Straßenbahn. Sie haben sich darüber verständigt, um ihr Leben mit ein wenig Gefühl und Veränderung zu beschenken. Als sie sich am Eingang wieder treffen (wo sie mehr oder weniger gleichzeitig ankommen), gönnt sich jeder ein blasses Lächeln, das die Enden der schnurgeraden Linie ihrer Lippen unmerklich in die Höhe zucken lässt.

Sie betreten den alten Aufzug mit Spiegeln an den Seitenwänden, und Lupercia schließt die Augen, um sich nicht ins Gesicht sehen zu müssen. Seit Jahren erträgt sie ihr Ebenbild nur noch in den Spiegeln, die in ihrem Schlafzimmer hängen, zahmen Spiegeln, die nur jenes Bild zurückwerfen, das sie zu sehen wünscht. Basilio steckt den Schlüssel ins Schloss, öffnet die Tür und lässt seiner Frau mit einer Verbeugung den Vortritt.

»*La politesse avant tout*«, säuselt er, den alten, ruinierten Marquis imitierend, einen Kunden ihres Unterwäschegeschäfts, der ständig das Gleiche sagt, auch wenn es nichts mit der Sache zu tun hat.

Als sie das Wohnzimmer betreten, überraschen sie Big John, der mit Marilyn auf dem Sofa vögelt. Von der strengen Miene des Ritters auf dem ovalen Porträt, der von oben auf die Szene herabblickt, fühlen sie sich anscheinend überhaupt nicht gestört.

Basilio und Lupercia werfen sich einen Blick zu, sie sind sprachlos, die Puppen indessen widmen sich weiter mit großer Begeisterung ihrer lustvollen Arbeit. Beim Vögeln – so Ramón in einer kursiv gesetzten Parenthese – bedienen sie sich der Missionarsstellung, einer auch bei den Navajo-Indianern bevorzugten Stellung, die Big John gewissermaßen die volle Kontrolle über das koitale Geschehen erlaubt.

Hier endet die Skizze oder der Entwurf der ersten Lieferung. Auf einem beiliegenden Zettel hat er notiert, dass er mich heute Nachmittag um sechs anrufen wird, um sich nach meiner Meinung zu erkundigen.

4

Das Telefon klingelt eine Stunde früher als vorgesehen, genau in dem Moment, als ich mich anschicke, den ersten Takten aus Leoncavallos *La Mattinata* zu lauschen.

»Also, Ramón«, sage ich zur Eröffnung, während ich ihn am anderen Ende der Leitung leise husten höre, »du weißt, dass mir der Ruf eines Menschen vorangeht, der sagt, was er denkt. Ich mag die Leute nicht hinters Licht führen. Um einen Roman zu schreiben, und sei es auch nur ein pornographischer, braucht es vor allem zwei Dinge: Berufung und Talent. Ich vermute, dass du vom Ersten mehr als genug hast, aber Talent besitzt du nicht gerade im Überfluss.«

»Soll das heißen«, fragt er, »dass dir nicht gefällt, was du gelesen hast?«

»Zunächst einmal möchte ich sagen, dass es mir völlig unnötig erscheint, die Geschichte, die du erzählst, ausge-

20

rechnet an einem achten Oktober anfangen zu lassen. Solche Details interessieren die Leser nicht. Und schon gar nicht, wenn du ihnen auch noch erzählst, am Abend dieses achten Oktobers, allerdings vor vielen Jahren, habe Kolumbus gesehen, wie die ersten geflügelten Boten aus der Neuen Welt über seine Karavelle hinwegflogen. Wohl kaum der passende Anfang für einen erotischen Roman.«

Seine Antwort finde ich etwas verrückt und ich schließe daraus, dass sich sein Geisteszustand während der letzten Zeit deutlich verschlechtert hat. Um den Auftritt des Kolumbus und dessen Karavellen in seiner Geschichte zu rechtfertigen, führt er nicht mehr und nicht weniger ins Gefecht als die juristische Kausalitätslehre, derzufolge die Ursache einer Ursache die Ursache eines herbeigeführten Unglücks sei, und fährt fort, wenn Kolumbus Amerika nicht entdeckt hätte und Chirimoyas (eine in den peruanischen Anden beheimatete Frucht) folglich bis heute im Westen unbekannt wären, so wären möglicherweise auch meine berufliche Laufbahn sowie mein Schicksal überhaupt anders verlaufen.

»Diese Idee kam mir, während ich vor den leeren Blättern an meinem Schreibtisch saß«, rechtfertigt er sich. »Hast du noch nie von Schriftstellern gehört, die auf der Grundlage psychischer Automatismen schreiben? Ich schrieb das mit Kolumbus und bezog mich so indirekt auf tropische Früchte, damit du von Anfang an ein Teil meiner Geschichte wärst und diese mit größerem Wohlwollen zur Kenntnis nähmest. Schließlich und endlich verdankst du es unter anderem den Chirimoyas, dass du wie ein König lebst und dein Haus mit Büchern vollstopfen kannst.«

»Hör bitte auf damit, du machst mich ja ganz verrückt«, falle ich ihm ins Wort, »konzentrieren wir uns auf deine

Geschichte. Mag ja sein, dass sich Romanschreiber bisweilen den Luxus erlauben, unmögliche Dinge zum Besten zu geben, aber auch die müssen wenigstens den Anschein des Wahrscheinlichen bewahren. Genau das ist der größte Mangel, den ich in deiner ersten Lieferung feststelle. Zugegeben, es fängt gut an, von deinen Anspielungen auf den achten Oktober einmal abgesehen, aber dann vergaloppierst du dich schon sehr bald. Man könnte noch zugestehen, dass deine technologisch hochgerüsteten Gummipuppen imstande sind, den Ruf der Liebe zu empfinden und sich in Spielbälle einer ungezügelten Leidenschaft zu verwandeln. Ich kann mir sogar vorstellen, dass sie erst wie wild vögeln und ihre Lüsternheit danach in wohlgesetztem provenzalischen Okzitanisch rechtfertigen, einer jener Sprachen, die, wie du wissen wirst, dem Lateinischen entstammen. Soviel ich weiß, sind diese Puppen tatsächlich zu allerlei Wunderdingen fähig, und es erstaunt mich nicht, dass sie, eine entsprechend designte Festplatte und die richtigen Schaltkreise vorausgesetzt, tolle Sachen zustande bringen. Aber jetzt verrate mir mal, wie sie es bitte geschafft haben sollen, aus ihren jeweiligen Kleiderschränken herauszukommen, ohne dass ihnen jemand die Tür geöffnet hat. Wie sollen sie allen Ernstes zehn, zwölf Meter Flur zurückgelegt haben, ehe sie sich im Wohnzimmer trafen? Fassen wir zusammen: Wer hat in ihre Gummikörper die Lust gesät, es miteinander zu treiben? Und wieso, angenommen, es ist tatsächlich zum Äußersten gekommen, haben sie ausgerechnet die Missionarsstellung gewählt, eine der sozusagen abgedroschensten von allen? Was bitte interessiert es eine aufblasbare Gummipuppe, dass besonders diese Stellung eine Schwängerung der Frau garantiert, wenn sie doch von vornherein wissen muss, dass sie, ganz egal wie sie sich positioniert, nicht die mindeste Chance hat, schwanger zu werden.«

»Das lässt sich doch alles ganz einfach regeln«, unterbricht mich Ramón. »Ich kann ja dafür sorgen, dass diese geilen Schweine auf andere Art und Weise ficken. Welche Stellung fändest du denn passend?«

»Eindeutig die Andromache-Position«, lautet meine Empfehlung. »Das war schon immer meine Lieblingsstellung. Ganz einfach: Der Mann liegt auf dem Rücken, die Frau sitzt auf ihm und beugt sich so weit nach vorne, bis sie mit dem Gesicht fast die Füße berührt. Diese Stellung verzögert übrigens auch noch die Ejakulation.«

»Das mit der Ejakulation dürfte für unsere Puppen auch nicht gerade besonders wichtig sein«, bemerkt Ramón.

»Also«, sage ich, leicht verärgert, »dann eben noch einmal: Es ist doch einfach nicht normal, dass diese Puppen, egal wie raffiniert sie konstruiert sind, über so viel Bewegungsfreiheit verfügen.«

Ramón erwidert, die Menschen bauten schon seit Jahrhunderten die märchenhaftesten Automaten. Er erwähnt besonders den automatischen Schwan von Vaucanson, die sprechenden Köpfe des Abbé Mical, die wunderbaren Maschinen des Barons von Kempelen und schließlich jene Statue des Gottes Memnon, des antiken Herrschers über Äthiopien, die allmorgendlich beim ersten Licht der Sonne Töne von sich gibt.

»Wir können also den Gedanken fassen«, so fährt er fort, »dass es sich sowohl bei Big John wie bei Marilyn um programmierbare Automaten handelt, die in einem bestimmten Augenblick, den auf ihrem Menü vorgesehenen Impulsen folgend, ihre jeweiligen Kleiderschränke verließen, im Wohnzimmer aufeinandertrafen und anfingen, vor dem Fernseher miteinander zu vögeln, den sie zuvor angestellt hatten. Ich hab's dir ja gesagt, die haben eine Programmierung, die sich ständig selbst verbessert.«

»Tut mir leid, aber ich habe überhaupt kein Vertrauen in die Art von großartigen Programmen«, antworte ich, »das alles scheint mir immer noch ziemlich undurchschaubar. Außerdem: Anstatt sie dazu zu nötigen, es miteinander zu treiben, hätte man sie doch bitteschön auch so programmieren können, dass sie die Wohnung ausfegen oder wenigstens mit dem Staubtuch über die Möbel gehen.«

Ramón lässt ein etwas angestrengtes Lachen vernehmen und sagt, dass aufblasbare Puppen zwar aus Silikon, aber nicht blöd sind.

»Alle Welt vögelt lieber, anstatt den Besen zu schwingen«, bemerkt er.

»Einverstanden«, antworte ich, aber nachgeben will ich noch nicht. »Zugegeben, sie handeln nach Maßgabe der Instruktionen eines überaus komplizierten Programms. Aber das ist doch nichts Besonderes. Die meisten von uns behaupten, sie würden ihrem freien Willen nach entscheiden, während wir doch in Wahrheit Sklaven der großen Bewusstseinsmanipulatoren sind, die uns nach Belieben umherschieben. Trotzdem muss ich feststellen, dass du den Lesern nicht gerade eine Menge Informationen über deine beiden Puppen zukommen lässt. Du schreibst, dass bei Big John selbst im nicht aufgeblasenen Zustand der Schwanz immer wie eine Eins steht. Großartig und für viele Männer sicher ein Anlass, grün vor Neid zu werden. Dann sagst du noch, um den Grad seiner Festigkeit zu verändern, genüge es, sein rechtes Ei zu drücken, und du präzisierst, obwohl mir dieses Detail besonders unwichtig erscheint, Big Johns rechtes Auge sei größer als sein linkes. All das erscheint mir doch keineswegs ausreichend.«

24

»Worauf willst du hinaus?«

»Du solltest etwas aus dir herausgehen und dem Leser mehr Informationen geben, mehr präzise Einzelheiten. Zum Beispiel: Wie lang ist der Schwanz von Big John? Zehn Zentimeter? Zwölf? Vierzehn? Achtzehn? Ist er mit einem unabhängigen Vibrator ausgerüstet, so wie sie sie in Japan herstellen? Handelt es sich um ein Modell mit Saugvorrichtung? Kann er sich in die gewünschte Richtung drehen? Gibt es Stahlkügelchen in seinem Inneren, die Vibrationen auslösen, wenn es die Benutzerin will?«

5

»Was Marilyn betrifft«, fahre ich fort und lasse ihn gar nicht erst zu Wort kommen, »so knauserst du auch hier unnötig mit Informationen. Wie fühlt sich ihre Haut an? Wie viele Löcher hat sie? Wie viele Kilo Gewicht kann sie maximal aushalten? Hundertzwanzig? Hundertfünfzig? Hat sie Nähte? Wie fühlt sich das Schamhaar an? Ist es gekräuselt? Eher glatt? Als du sie kauftest, waren in der Bestellung auch bunte Luftballons, Konfetti und Kindergeburtstagstrompeten enthalten? Hat sie bestimmte Gesichtszüge?«

»Das ganz gewiss nicht«, antwortet Ramón, »du weißt schließlich, in welchen Zeiten wir leben. Ich habe keine Lust, von irgendjemandem als Rassist beschimpft zu werden. Es handelt sich um eine Puppe mit neutralem, unbestimmtem Aussehen. Es könnte sowohl eine Orientalin wie auch Afrikanerin sein. Sogar eine Europäerin, die ein bisschen zu lange in der Sonne gelegen hat.«

»Alles in allem«, verkünde ich mit ernster Miene, »muss ich zu meinem Bedauern gestehen, dass alles, was du bisher geschrieben hast, mir nicht gerade besonders aufregend erscheint. Auf der anderen Seite tut es mir leid um die beiden menschlichen Protagonisten, Basilio und Lupercia; sie sind voller Traurigkeit und ohne Liebe, und dann setzen ihnen auch noch ihre Gummipuppen Hörner auf.«

Ramón schweigt und schnauft hörbar. Bestimmt ist mit seiner Nasenscheidewand etwas nicht in Ordnung, entweder ist sie zu weit nach links oder zu weit nach rechts gewachsen. Muss ziemlich nervtötend sein, so was, dabei will man doch nur ein bisschen Luft in die Lunge bekommen.

»Du findest also, ich sollte die Sache sausen lassen«, fragt er dann.

»Keineswegs. Du solltest unbedingt fortfahren. Lass die Anspielungen auf Kolumbus und die Chirimoyas weg und mach weiter! Schließlich und endlich kannst du die Willensstärke und Beweglichkeit der Puppen nicht nur mit jenen geheimnisvollen Programmen rechtfertigen, die ihnen die Hersteller eingepflanzt haben und denen sie, koste es, was es wolle, folgen und gehorchen müssen, sondern auch mit etwas, das in der Welt der Literatur mit dem Begriff der dichterischen Freiheit bezeichnet wird. Verzichte auf übertriebenen Realismus und schreib einfach weiter. Mal sehen, was dabei herauskommt. Vielleicht regelt sich das Ganze ja einfach, wenn die Sache Fahrt aufnimmt. Was machen deine Figuren mit den Puppen, nachdem sie sie beim Vögeln erwischt haben? Nehmen sie's mit Fassung? Werden sie sich eingestehen, wie sie es in Indien tun, dass die Liebe ein Wind ist, der vorüberstreicht und entflieht?«

»Ich weiß noch nicht. Darüber muss ich nachdenken. Kann sein, dass sie's nicht so schwer nehmen und darüber hinwegsehen. Hörner sind ja inzwischen so etwas wie der letzte Schrei, jedenfalls nicht mehr das, was sie mal waren. Die Werte von einst geraten immer mehr in Vergessenheit. Es gibt sogar Leute, die herumlaufen und mit ihren angeblichen Hörnern prahlen. Auch weiß ich nicht, was von solchem Quatsch wie ›die Liebe ist ein Wind, der vorüberstreicht‹ zu halten ist. Was hat wahre Liebe mit meiner Geschichte zu tun, in der es eher um zwanghaftes Vögeln geht?«

»Also los«, feuere ich ihn an, »nur zu. Lass deiner Fantasie freien Lauf und fahre mit deiner Geschichte fort in dem Moment, in dem Basilio und Lupercia die beiden Puppen beim Ficken überraschen. Meine Bedenken allerdings halte ich aufrecht. Lassen sie sie in Ruhe die Sache zu Ende bringen? Schlagen sie sie aus lauter Eifersucht mit Knüppeln entzwei? Sehen sie, wie du es nennst, darüber hinweg? Ruf mich nächsten Freitag Punkt vier Uhr an, dann erfährst du meine Meinung.«

ZWEITE LIEFERUNG

Sie besteht aus insgesamt vierzehn orangefarbenen Blättern in einem kanariengelben Umschlag. In einer seiner begleitenden Notizen, geschrieben auf etwas dunkler orangefarbenem Papier als dem der beschriebenen Blätter, kündigt Ramón an, mich am Mittwoch nächster Woche anrufen zu wollen, weil er an diesem Freitag, das aufgrund des Vereinigungsfesttags entstandene lange Wochenende nutzend – dies Land ist übervoll mit langen Wochenenden –, mit ein paar Freunden nach Thailand fährt.

Sextourismus, wie ich annehme. Das Flugzeug und die unbegreiflichen Flugpreise haben es ermöglicht, dass jede Menge Tunichtgute, die noch nie einen Fuß in ihre Dorfkapelle gesetzt haben (Ramón natürlich ausgenommen), sich davonmachen, um ein Wochenende in den exotischsten Breiten zu verbringen.

Ich habe beschlossen, deinen Ratschlägen zu folgen, erklärt Ramón in der beiliegenden Notiz, und werde meine schöpferische Freiheit nicht auf überflüssiges Räsonnieren beschränken, und ebenso wenig werde ich mich weiter mit der Frage beschäftigen, ob die Bewegungsfreiheit meiner Puppen einer besonderen Rechtfertigung bedarf. Gib dir selbst die Rechtfertigungen, die du für nötig hältst. Nehmen wir einfach mal an, dass die beiden Schurken (meine Silikonkreaturen, meine ich) erstaunlicherweise herausgefunden haben, wie man aus dem Kleiderschrank hinauskommt, und auf eigene Faust bis zum Sofa gelangt sind. Das Adjektiv ›erstaunlich‹ lässt sich schließlich für eine Menge Dinge verwenden, die sich immer wieder mir nichts, dir nichts in diesem Lande zutragen. Ich kann dir nur sagen, dass ich eine Menge Science-Fiction-Filme gesehen habe, in denen noch ganz andere Sachen passieren.

Am wahrscheinlichsten ist es, vermutet Ramón in besagter Notiz, dass sich die Puppen, bis die Leidenschaft sich ihrer Urteilskraft bemächtigte, durchaus korrekt verhalten haben. Kann sein, dass sie sogar anfingen, sich über das Wetter zu unterhalten, so wie viele Leute, bevor sie Hand an sich legen. Ich kann mir sogar ungefähr die Unterhaltung vorstellen. Mehr oder weniger etwa in dieser Weise:

Big John: Glauben Sie, meine Dame, dass es morgen regnet? Leiden auch Sie manchmal unter Gliederschmerzen?

Marilyn: Welche Glieder meinen Sie, mein Herr? Wissen Sie denn nicht, dass ich aus einem einzigen nahtlosen Stück hergestellt bin?

Big John (*merkt, dass er ins Fettnäpfchen getreten ist*): Sie haben ganz Recht. Sie sind eine wunderschöne, eine köstliche, nahtlose Puppe. Aber stellen wir doch ein Weilchen den Fernseher an, mal sehen, was der Mann vom Wetter Neues zu berichten hat.

Er stellt den Fernseher an, kehrt zurück zum Sofa und wartet darauf, dass sich etwas auf dem Bildschirm tut, aber anstatt dass der Mann vom Wetter erscheint, mit seinen Landkarten und Isobaren, sieht er sich unversehens mit einem Pornofilm konfrontiert. Der Protagonist besitzt einen Schwanz von einer Größe und Beweglichkeit, die jedem Muttersöhnchen einen anständigen Komplex verpassen könnte.

»Findest du nicht«, fragt Ramón in der beiliegenden Notiz, dass das Verhalten der Puppen sich auf diese Weise nur allzu gut rechtfertigen ließe, stimuliert von den Sauereien im Fernseher? Das Gleiche passiert doch den Leuten aus Fleisch und Blut.«

Ich habe keine Lust, ihm eine Antwort zu geben. Sein Romanprojekt überzeugt mich immer noch nicht. Nach wie vor finde ich, dass er es übertreibt mit seinen Puppen oder, besser gesagt, dass alles ziemlich an den Haaren herbeigezogen ist. Eine Sache ist es, dass diese aus Kautschuk hergestellten Wesen – eine Bezeichnung übrigens, von der ich mir nicht sicher bin, ob sie für aufblasbare Puppen passend ist – in einem bestimmten Moment Seufzer und Gestöhn von sich geben, aber etwas ganz anderes ist es doch, wenn sie sich untereinander wie zwei wahrhaftige Menschen unterhalten und einer Fernsehsendung zu folgen vermögen, auch wenn es sich dabei lediglich um einen allgemeinverständlichen Pornofilm handelt.

Also gut, hier folgen die neun Blätter der zweiten Lieferung. Urteilen Sie selbst.

1

Im ersten Moment wissen Basilio und Lupercia überhaupt nicht, was sie tun sollen, und die beiden Puppen fahren in ihrer handgemeinen Tätigkeit fort, als wäre nichts gewesen. Es fehlt ihnen keineswegs an Begeisterung, aber wie ein Paar aus Fleisch und Blut vögeln sie nicht. Ihre Bewegungen wirken zu mechanisch. Sie bewegen ihre Beckenregionen mit maschineller Präzision, und nicht einmal während der finalen Augenblicke, wenn es bei den Menschen zu einer gewissen Disharmonie der Bewegungen kommt, beschleunigen sie ihr leidenschaftliches Geknatter.

Bin ich womöglich das Opfer eines regelrechten Ehebruchs?, fragt sich Basilio und fällt in eine melodramatische Positur. Ist dies die Sorte Ehebruch, die künftige Generationen erwartet? Kann man bei einer nahtlosen Silikonpuppe, an die uns schließlich kein Ehevertrag bindet (im Übrigen ein einvernehmlicher, makelloser und auf Gegenseitigkeit beruhender Vertrag), sondern eine einfache nummerierte Rechnung, die noch nicht einmal unsere Steuererklärung belastet, von Untreue reden?

Schwierige Fragen, für die sich künftige Soziologen und Steuerberater eine gute Antwort einfallen lassen sollten.

Als Erster jedenfalls reagiert Basilio. Er reißt Marilyn aus Big Johns Armen und schleppt sie in sein Zimmer.

Sekunden später ergeht es Big John genauso; Lupercia packt ihn und sperrt ihn in ihr Zimmer am Ende des Flurs.

Die Puppen sind stumm wie die Fische und machen sich auf eine Strafpredigt gefasst. Obwohl sie lediglich simple Kreaturen aus Kunststoff sind, haben sie doch eine dunkle Ahnung von ihren Sünden, besser gesagt (da ja, wie es scheint, der Begriff ›Sünde‹ in diesen Zeiten für die meisten aus der Mode gekommen ist) von Loyalität und Treue ihrem Besitzerpaar gegenüber. Basilio jedenfalls ist ein vorsichtiger Mann, der ungern überstürzte Entscheidungen trifft. Er erinnert sich an die Maxime des Konfuzius, der den Menschen empfiehlt, das eigene Spiegelbild nicht im strömenden, sondern im stehenden Gewässer zu betrachten.

Er lässt Marilyn auf dem Bett zurück, den Nacken auf dem Kopfkissen, die Beine breit, und kehrt ins Wohnzimmer zurück. Er setzt sich auf das Sofa und schaut sich den Pornofilm weiter an.

Ärger war noch nie ein guter Ratgeber, findet er, und räkelt sich.

Der Film läuft unter heftigem Stöhnen weiter. Der Schwanz des Protagonisten ist gewaltig und biegt sich in der Mitte wie ein Krummsäbel. Er ist fast zu groß für den Dreiundzwanzig-Zoll-Bildschirm, aber trotz seiner Ausmaße findet sich immer irgendein kleines Loch, in das er hineinpasst.

Basilio schüttelt nachdenklich den Kopf. Er ist ein politisch korrekter Mann und versteht nicht, warum das Fernsehen so schweinische Filme ausstrahlen darf, vor allem am Sonntagnachmittag, wenn die meisten Familien beim Nachtisch angelangt sind und die Kinder über den Wohnungsflur toben.

34

»Ich möchte wirklich wissen, was diese Schweinehunde noch alles mit uns vorhaben«, murmelt er und denkt an die Mitte-Links-Koalition, die seit einem Jahr das Land regiert.

Nun ist jedoch Basilio – in Anlehnung an die Meinung, Männer seien Gürtel abwärts eher freizügig veranlagt – keineswegs aus Stein, und so wird er mit jeder Minute, die er dem Geschehen auf dem Bildschirm folgt, immer erregter und holt sich schließlich, hast du nicht gesehen, mit links einen runter, und zwar zu Ehren jener schwarzhaarigen Schönheit, die im Film als Schneewittchen verkleidet auftritt.

»Nicht gerade ein fröhlicher Trost, das mit dem Wichsen«, muss er zugeben, als alles vorüber ist.

Er macht den Fernseher aus, geht in sein Zimmer zurück und baut sich endlich vor Marilyn auf. Der Moment ist gekommen, in dem die Dinge klargestellt werden müssen.

»Also, meine Liebe«, sagt er und blickt ihr unverwandt in die Augen. »Dass du mir so mitspielen würdest, darauf war ich nicht gefasst.«

Marilyn antwortet nicht. Sie ist nicht auf den Kopf gefallen. Sie zieht es vor, sich zu verhalten, als sei sie eine Puppe der ersten Generation und tut so, als könne sie nicht sprechen. Zu irgendwelchen Erklärungen hat sie keine Lust. Basilio fällt ein, dass ihm der Typ im Sex-Shop versichert hatte, alle aufblasbaren Puppen der dritten Generation – also jener, zu der auch Marilyn gehört – seien ihren Herren treu ergeben.

»Der hat gelogen wie gedruckt«, knurrt er durch die Zähne.

»Wir leben in Zeiten, in denen die Leute nun mal vor allem verkaufen wollen«, sagt die Puppe, die sich plötzlich doch zum Reden entschlossen hat. »Es geht ihnen weniger ums Lügen. Manche würden sogar ihre Mutter verkaufen, um sich ein paar Euros in die Tasche zu stecken.«

»Sag mir, was diese Puppe besitzt, was ich nicht habe«, fleht Basilio.

»Willst du wirklich die Wahrheit wissen?«, fragt Marilyn. Nicht einmal jetzt verschwindet ihr Lächeln, das heißt, sie blickt mit genau jenem Gesichtsausdruck, mit dem sie vor sieben Monaten die Fabrik verlassen hat. Jetzt ist es Basilio, der sich blamiert. Er wiederholt seine Frage, und Marilyn lässt sich nicht zweimal bitten.

»Es handelt sich um eine simple Frage von Zentimetern«, sagt sie, »achtzehn gegen noch nicht einmal achteinhalb.«

2

Die achteinhalb Zentimeter sind offensichtlich die armselige Länge von Basilios bestem Stück. Nicht gerade ein Vergnügen, sich auf diese Art Defekte hinweisen lassen zu müssen. Basilio versucht denn auch, sich selbst hinters Licht zu führen.

»Auf die Größe kommt es doch gar nicht an«, argumentiert er ohne rechte Überzeugung, »auch wenn alle das behaupten. Nehmen wir, als naheliegendes Beispiel, die Gorillas.«

»Was ist mit den Gorillas?«

»Sie sind riesig und behaart, und haben doch lediglich einen Pimmel, der nicht länger wird als dreieinhalb Zentimeter. Halb so lang wie meiner.«

»Ha, ha«, wiehert Marilyn, »um nichts in der Welt würde ich mit einem Gorilla ins Bett steigen.«

Ihre eingebauten Schaltkreise funktionieren wirklich immer besser, jenseits aller Erwartungen. Möglich, dass sie noch vor Anbruch des nächsten Frühlings die gesamte fünfte Szene des dritten Akts der *Götterdämmerung* singen kann.

Basilio aber würde gerne noch erfahren, wie die Puppe es geschafft hat, so rasch die beiden Penisse nachzumessen, den der anderen Puppe und seinen eigenen.

»Haben sie wirklich den Puppen der dritten Generation einen Sensor zum Messen der eindringenden Geschlechtsteile in die Vagina eingebaut, so wie es im Prospekt steht?« Marilyn mag nicht antworten. Bestimmte Dinge sollte man lieber in der Schwebe lassen.

»Ich weiß schon«, gibt Basilio zu und nickt traurig, »dass mein Pimmel nichts Besonderes ist. Das war er noch nie, nicht einmal in meiner Jugend, das Schlimme ist nur, dass er mit zunehmendem Alter eher noch kürzer wird.«

Und er beschließt, Marilyn von den möglichen Gründen seines Problems zu berichten. Er erklärt, er sei konsterniert gewesen, als er sich zum ersten Mal nackt im Spiegel sah und feststellen musste, dass sein linkes Ei tiefer herunterhing als sein rechtes.

»Eine schreckliche Entdeckung«, erinnert er sich, »unsere Hausärzte meinten, es bestünde kein Grund zur Beunruhigung. ›In dieser sündhaften Welt gibt es kaum jemanden, der ganz und gar symmetrisch ist‹, beruhigten sie mich. Aber allen freundlichen Worten zum Trotz verursachte mir meine Asymmetrie ein schlimmes Trauma und beeinflusste in negativer Weise das Wachstum meiner Geschlechtsteile. Das störte mich gewaltig.«

Es ist das erste Mal, dass er dieses Geheimnis einer anderen Person anvertraut. Nicht einmal Lupercia, seiner Frau, hat er das in all den Jahren, die sie verheiratet waren, als ein gemeinsames Leben, wahrhaft miteinander geteilt, noch im Bereich des Möglichen war, jemals gestanden.

»Und was geht mich das alles an?«, ruft Marilyn schulterzuckend.

Basilio gibt nicht auf und sucht nach neuen Argumenten. Noch vertraut er auf die Kraft des Dialogs.

»Also gut«, sagt er, »von mir aus vögel doch mit diesem Idioten, solange du willst. Aber bedenk die möglichen Folgen. Was, wenn euch am Ende ein aufblasbares Püppchen geboren wird?«

Er weiß, dass er eine Dummheit von sich gegeben hat, aber er glaubt, mit irgendetwas Lustigem könnte er das Herz der Puppe erweichen.

»Hast du gar keine Angst, dass euer Söhnchen in einem Moment der Unachtsamkeit wie ein Luftballon davonfliegen könnte?«

Marilyn gibt sich nicht einmal Mühe zu lachen. Sie steigt aus dieser Unterhaltung, die sie zu langweilen beginnt, aus und aktiviert das Programm mit den lustigen Geschichten, das sie ihr eingebaut haben, damit sie in einem bestimmten Moment besser abschalten kann und nicht darauf achten muss, was um sie herum geschieht. Unter all den Geschichten, die sie ihr aufgespielt haben, erinnert sie sich besonders gerne an jene, die von den Heldentaten eines türkischen Dichters erzählt, der es, im Verlauf einer durchzechten Nacht, vor den Augen der geladenen Gäste mit einem Leoparden trieb.

3

Es regnet immer noch, schreibt Ramón weiter, die vom Meer wehende flaue Brise lässt die zum Trocknen aufgehängte Wäsche der Nachbarin langsam hin- und herschaukeln. Die Tauben, halbtot vor Kälte, hocken weiterhin unbeweglich auf dem Mauersims. Keine von ihnen denkt ans Vögeln, dies ist kein Tag, um sich mit solchen Dingen zu beschäftigen.

»Aber fändest du denn wirklich nichts dabei, wenn sie dein Kind mit einem bunten Luftballon verwechseln?«, bohrt Basilio weiter.

Marilyn denkt immer noch an den türkischen Dichter aus der Geschichte, und Basilio fällt jetzt zum ersten Mal ein, dass ihn der Verkäufer im Sex-Shop warnte, einige Puppen aus Marilyns Generation könnten manchmal ein bisschen über die Stränge schlagen.

»Bedenken Sie«, sagte der Mann, »dass sich das Herz mancher Frauen beim Anblick eines vor ihnen knienden Mannes eher noch verhärtet.«

Wahrscheinlich wollte er ihm damit sagen, dass, einmal abgesehen von den grundsätzlichen Unterschieden, mit Gummipuppen manchmal das Gleiche geschieht wie bei richtigen Frauen. Basilio lässt also die Rolle des Witzbolds fahren und ändert die Taktik. Er wiegt den Kopf hin und her und gibt die beträchtlichen Schwierigkeiten zu bedenken, die mit der korrekten Vermessung eines beliebigen Penis, vor allem im erigierten Zustand, einhergehen dürften.

»Um alles richtig zu machen«, bemerkt er, »muss die Messung wahrscheinlich vom Ansatz des Penis, gleich bei den Schamhaaren, bis zur äußersten Spitze, dem Abschluss der Eichel vorgenommen werden. So, wie es die Spezialisten im Internet empfehlen.«

Er redet jetzt in einem leidenschaftslos bedächtigen Ton, so wie ein Lehrer, der seinen Schülern eine Physikstunde erteilt.

»Richtig schwierig aber dürfte es werden«, fügt er hinzu, »wenn es darum geht, einen schlaffen Penis zu vermessen.«

»Ha, ha, ha«, lacht Marilyn, sie denkt an die Vagina der Leopardin und an den gewaltigen Schreck, den der türkische Dichter bekommt, als er seinen Schwanz hineinsteckt und spürt, wie brennend heiß es da drinnen ist.

Vom anderen Zimmer, am Ende des Flurs, dringt von Zeit zu Zeit die zornige Stimme Lupercias, die immer noch mit Big John schimpft.

»Jedenfalls«, sagt Basilio, »fand ich immer schon, dass Größe nicht das Wichtigste ist.«

»Ha, ha, ha«, lacht Marilyn schon wieder.

»Und außerdem«, fährt der Mann unbeirrt fort, indem er den Arm um die Schultern der Puppe legt, »mochten die alten Griechen kurze Penisse lieber. Ein Blick auf ihre Statuen genügt.«

»Ha, ha, ha«, lacht Marilyn, die immer noch an die Leopardin denkt.

Ein grausames Kichern ist die Antwort, modulationslos, gefühllos, so wie es sich für ein Kunstprodukt gehört, das, obwohl von menschlicher Gestalt, kein Herz hat.

4

Irgendwann reicht es Basilio. Alles hat seine Grenzen. Es gibt ein Gelächter, das beleidigender wirkt als Worte und sogar Taten. Er zieht seinen Arm von Marilyns Schultern weg und betrachtet aus den Augenwinkeln die gewaltigen Büstenhalter, die am Balkon gegenüber auf der Wäscheleine hängen.

»Also gut, du hast es nicht anders gewollt«, explodiert er.

Er packt Marilyn am Arm und sperrt sie in den Schrank, gleich neben den Staubsauger und die Fahrradpumpe. Man wird sehen, was ihm noch alles für dieses undankbare Geschöpf einfällt. Er geht zurück ins Wohnzimmer und macht den Fernseher an.

Noch eine Stunde bis zum Ende des Pornoprogramms, danach bringen sie den Tittenwettbewerb und danach *Sex bis zur Bahre*, eine Sendung, die sich ausschließlich an die ältesten Familienmitglieder wendet, zum Schluss kommt dann noch die Wiederholung des Fußballspiels vom Sonntag. Im Sommer, wenn kein Fußball gespielt wird, gibt es Motorrad- und Autorennen, in der heimlichen und selbstverständlich uneingestandenen Hoffnung, dass die Leute lernen, wie man sich auf der Landstraße noch besser und möglichst gegenseitig ins Jenseits befördert.

Im Augenblick aber sind sie immer noch beim sexologischen Ratespiel. Es handelt sich um eine Sendung, die viele Bürger für einen unverzichtbaren Bestandteil der kulturellen Wiederbelebung des Landes halten, was unter anderem jenes Schild beweist, das an der hinteren Studiowand prangt und wo in schwarzen Buchstaben auf rotem Grund die Botschaft prangt: SEX IST NICHT NUR KOITUS UND MASTURBATION.

Showmaster der Sendung ist ein kleiner Dicker mit rotem Blazer, auf dessen Brusttasche das Wappen irgendeiner ausländischen Universität gestickt ist. Angesichts der leutseligen Gesten, mit denen er auf den Applaus aus dem Publikum reagiert, käme niemand je auf den Gedanken, dass es sich hier um eine der einflussreichsten und gefürchtetsten Persönlichkeiten des ganzen Landes handelt.

»Also«, sagt er, als eine Glocke ertönt, »dann verraten Sie mir doch mal, wie viele Male ein Mann im Verlauf seines Lebens durchschnittlich ejakuliert.«

Die Frage richtet sich an einen nicht besonders redselig wirkenden Menschen mit Baskenmütze, der in der ersten Reihe sitzt.

»Siebentausendzweihundert«, antwortet der Kandidat, ohne zu zögern.

»Sehr gut, siebentausendzweihundert, aber: in welcher Geschwindigkeit?«

»Die ist von Fall zu Fall verschieden«, antwortet der Kandidat, ohne sich festzulegen.

Und dann, bestimmt, um noch ein paar Pluspunkte zu sammeln, fügt er ungefragt hinzu, dass jede Ejakulation als *ejaculatio precox* anzusehen ist, zu der es spätestens dreißig Sekunden nach Beginn des Geschlechtsakts kommt.

»Ausgezeichnet«, strahlt der Showmaster, »dann verraten Sie uns doch, wo Sie schon mal dabei sind, welche Hausmittel es gibt, damit das Gefecht nicht so schnell zu Ende ist.«

»Es gibt einige«, antwortet der Mann, »zum Beispiel, das ABC rückwärts aufsagen. Andere denken an ihre Steuererklärung, reiche Leute meistens an die Erbschaftssteuer.«

Ab und zu dringen, unangenehm schrill, Lupercias Schreie ins Wohnzimmer, mit denen sie immer noch ihre Puppe abkanzelt.

»Ein Freund von mir, der schon das Zeitliche gesegnet hat, ließ in seinem Kopf am liebsten bestimmte Fußballspiele ablaufen«, lässt sich der Mann mit der Mütze wieder vernehmen.

Niemand kann genau sagen, ob er im Ernst redet oder den Witzbold spielen will. Der Showmaster hebt den Arm und wendet sich ans Publikum, welches das Studio aus allen Nähten platzen lässt.

»Tut mir leid, da irren Sie sich«, stellt er mit etwas ernsterer Miene fest. »Mit solchen Hilfsmitteln erreicht man nur, dass die Ejakulation noch schneller kommt. Der Irrtum liegt in der Annahme, je unerotischer das Bild sei, desto mehr Zeit habe man für den Koitus.«

Es ist sonnenklar, dass er den Fernsehzuschauern zeigen möchte, wie viel mehr er vom Thema versteht.

»Bleibt der Hirncortex über einen längeren Zeitraum abgeschaltet«, fügt er, zur Zuschauertribüne gewandt, hinzu, »werden die subcortikal gesteuerten Reflexe beschleunigt.«

Der Kandidat mit der Mütze bestätigt mit langsamem Kopfnicken, als hätte er irgendetwas kapiert.

»Keine Sorge, Ihre Antwort schlägt nicht zu Buche«, beruhigt ihn der kleine Dicke, »aber Sie sollten sich lieber nicht mit Sachen abgeben, die ein paar Nummern zu groß für Sie sind, und sich nur an die Fragen halten.«

»Du Schwein!«, schreit Lupercia am anderen Ende der Wohnung Big John an.

»Zweite Frage«, fährt der Showmaster fort. »Welches ist das einzige Tier außer dem Menschen, das Sex einzig und allein zum Vergnügen praktiziert? Und vergaloppieren Sie sich nicht schon wieder in irgendwelche abwegigen Gefilde. Sie haben drei Versuche.«

»Der Kaiman«, sagt der Mann mit der Mütze, bestimmt ist es ihm gerade erst eingefallen.

»Ha, ha, ha!«, lachen die Zuschauer im Studio.

Es ist ganz offensichtlich die falsche Antwort. Kaimane brüllen und knurren, um anzuzeigen, dass sie zur Paarung bereit sind, aber das heißt nicht, dass sie sich in der Absicht paaren, sich ein bisschen zu vergnügen.

»Auf jeden Fall wissen wir«, erklärt der Showmaster, immer noch lächelnd, »dass sowohl Kaimane wie Krokodile Probleme damit haben, sich an Land zu bewegen und dass Kopulieren deshalb für sie eine ziemlich umständliche Sache ist.«

Die ganze Verlautbarung klingt, als hätte er sie soeben in einem Buch gelesen und wiederhole sie aus dem Gedächtnis, ehe er sie wieder vergisst.

»Sie haben noch zwei Versuche«, sagt er dann und zeigt mit dem Finger auf den Kandidaten.

»Der Vogel Strauß«, antwortet der Mann mit der Mütze.

Das Publikum fängt wieder an zu lachen, aber weniger als vorhin. Straußenvögel finden sie, aus welchem geheimnisvollen Grund auch immer, weniger witzig als Kaimane. Vielleicht liegt es an der seltsamen Gewohnheit dieses gewaltigen Vogels, den Kopf unter dem Flügel zu verstecken, eine Geste, die viele Leute für schändlich und verantwortungslos halten.

»Der Delphin«, sagt der Kandidat schließlich, als hätte es ihm einer ins Ohr geflüstert.

5

Es gibt immer einen Grund, nicht alle Hoffnung fahren zu lassen. Das kulturelle Niveau in diesem Lande wird dank der unermüdlichen Arbeit der sexuellen Ratgebersendungen im Fernsehen ständig besser. Das ist mehr als bewiesen. Nicht einmal mehr in den entferntesten, in irgendwelchen Gebirgstälern verloren gegangenen Häuseransammlungen existieren heute noch junge Frauen, die glauben, sie würden von einem Zungenkuss schwanger.

Noch das einfältigste Mädel braucht nur auf einen Knopf zu drücken, schon leuchtet der Fernseher – oder der Bildschirm – auf, und es werden bis ins letzte Detail die sexuellen Gebräuche der Pinguine erläutert, oder sie erfährt alles über die fabelhaften Umsätze, die in den verschiedensten Ländern mittels Verkauf, Prostitution und Vermietung von aufblasbaren Gummipuppen erzielt werden. Nur um ein Beispiel zu nennen: Wer bitteschön wusste hierzulande vor zwanzig, fünfundzwanzig Jahren über die Geilheit der Delphine Bescheid?

Jetzt weiß ich endlich, warum diese Fische ständig lachen, denkt Basilio.

Mit den Delphinen hat er es noch nie so gehabt. Wenn sie klein sind, trinken sie Milch, aber später, als Erwachsene, fressen sie sich mit Sardinen voll. Das soll einer verstehen. Außerdem findet er sie viel zu sympathisch. Er misstraut ihnen, so wie er Leuten misstraut, die ständig mit einem Lächeln auf den Lippen herumlaufen. Damit nicht genug, haben sie so einen komischen Blick, viel zu kleine Augen und manchmal scheint es sogar, als hätten sie einen Kreuzschlitz, will sagen, als würden sie ein bisschen schielen.

»Wissen Sie, wie viele Zähne ein Delphin in seinem Unterkiefer hat?«, fragt der Showmaster aus Spaß.

Der Mann mit der Mütze merkt, dass die Frage nicht ernst gemeint war und schweigt. Er braucht kein Risiko mehr einzugehen. Eine geheimnisvolle Stimme aus den höheren Regionen des Studios spricht ihm unter ohrenbetäubendem Beifall den ersten Preis zu. Als besonderen Bonus offerieren sie ihm heute Abend die Gelegenheit, der Hostess, die ihn hinter einem Wandschirm erwartet, an die Wäsche zu gehen.

»Die Schweineschulter reicht mir eigentlich«, sagt der Kandidat.

Er ist ein bescheidener Mann, einer von der Sorte, die mit allem zufrieden sind, obwohl es natürlich auch sein kann, dass seine Frau im Publikum sitzt und er sich nicht zu sagen traut, was er denkt. Er schnappt sich das Stück Fleisch, reckt es triumphierend in die Höhe und verabschiedet sich mit einem Diener vom applaudierenden Publikum.

Der Showmaster hat endlich Basilio entdeckt, der vor dem Fernseher hockt, und zwinkert ihm zu wie einem Bekannten, so als wüsste er genau, was ihn gerade am meisten beschäftigt.

»Ich weiß genau, was du brauchst«, murmelt er von der anderen Seite des Bildschirms.

Dann sagt er noch etwas, ehe er sich unterbricht, weil es Zeit für die Werbepause ist. Eine heilige Unterbrechung. Ein Dutzend Fanfaren erklingt, und auf sämtlichen Monitoren im Studio zeigen sie einen neuen Vibrator aus grauem Titanium, den eine finnische Firma vor erst einer Woche auf den Markt geworfen hat. Eine Stimme aus dem Off verkündet, Titanium sei ein sogenanntes Übergangsmetall, sehr leicht, aber nicht anfällig für Rost und von enormer mechanischer Belastbarkeit. Danach erscheint auf dem Bildschirm eine Reihe von gläsernen Penissen diverser Größen.

»Wenn Ihnen Ihr Penis zu klein vorkommt (vor allem, wenn Ihre Partnerin dieser Meinung ist)«, verkündet der kleine Dicke mit veränderter Stimme, aber ohne den Blick von Basilio zu wenden, »dann verfügen Sie hiermit über verschiedene Möglichkeiten, ihn zu verlängern und sogar zu vergrößern.«

Ich glaube fast, der Kerl redet mit mir, denkt Basilio voller Bewunderung.

»Keine Zauberpillen, Vakuumpumpen, Kräuter und

Gewichte, und selbstverständlich keine chirurgischen Eingriffe. Mit unserer Machu-Picchu-Methode werden Ihre Probleme im Handumdrehen gelöst.«

Basilio dreht den Ton auf und reckt den Hals nach vorn.

»Und wer garantiert mir, dass Sie mich nicht verarschen?«, fragt er mit lauter Stimme, überzeugt davon, dass der kleine Dicke im Fernseher ihn hören kann.

Damit endet die zweite Lieferung. Ich kann keinerlei Verbesserung feststellen, weder im Duktus der Handlung noch in der Art des Erzählens, aber ich werde den Teufel tun und Ramón in all seiner Begeisterung den Spaß verderben. Soll das Ganze doch so weitergehen bis zum Schluss. Kein Mensch hat das Recht, irgendjemanden daran zu hindern, den Blödsinn, der ihm einfällt, zu Papier zu bringen. Das Einzige, was man tun kann, ist, ihm zu raten, er möge, vorausgesetzt, er schreibt dummes Zeug, dies möglichst auf eine Art und Weise tun, die niemand versteht, denn Binsenweisheiten wirken, wenn sie unverständlich sind, nicht länger wie solche und können obendrein sogar als große Weisheiten durchgehen.

6

Mittwoch. Ramón ruft mich genau um viertel vor vier an, also fünf Minuten früher als vorgesehen, während ich mich noch mitten in der Siesta befinde.

»Was meinst du?«, fragt er, »findest du, dass die Sache besser wird?«

»Ich werde dir sagen, was ich denke, wenn du mir vorher was aus Bangkok erzählst«, erwidere ich, »wie war das

Wetter? Hattet ihr es heiß? Regen? Viele Elefanten gesehen?«

Erst vor einer Stunde hat mich ein Unbekannter – es gibt immer Leute, die sich darum kümmern, dass die Menschen im Viertel bestens informiert sind und über alles Bescheid wissen, was sich in ihrer Umgebung tut – angerufen, um mir mitzuteilen, dass jemand am vergangenen Sonntag, als alle Welt der Meinung war, er sei in Thailand, Ramón auf einer Bank im Bahnhof Arrabal dabei zugeschaut hat, wie er Tauben fütterte und offenbar auf einen Vorortszug wartete. Sollte diese Information der Wahrheit entsprechen, würde das bedeuten, dass seine Reise nach Thailand lediglich eine Finte war.

»Hat man euch Zeit gelassen, um die alte Hauptstadt Ayutaya zu besichtigen? Hast du dir ein Fahrrad ausgeliehen und dir die Stadt angeschaut? Seid ihr irgendeiner verheißungsvollen thailändischen Krankenschwester über den Weg gelaufen? Habt ihr Überlebende des Tsunami getroffen? Stimmt es, dass den Elefanten ihr Schwengel wie ein Schlauch zwischen den Hinterbeinen hängt?«

Ramón ist kein Dummkopf, er weiß sich ertappt und kapiert, dass es keinen Sinn hat, sich zu verstellen.

»Also gut«, sagt er. »Wir haben die Reise in letzter Minute auf das nächste lange Wochenende verschoben. Ich hätte dich am Freitag fast angerufen, wie du mir vorgeschlagen hattest, aber dann wollte ich dir lieber vier, fünf Tage Zeit lassen.«

»Ich versichere dir, es ist mir vollkommen wurscht, wo du deine Wochenenden verbringst«, sage ich, »du kannst von mir aus nach Villanueva del Conejo fahren, ohne dass es mich aus der Fassung bringt. Was mir Sorgen macht, ist die Tatsache, dass du, obwohl du mich Freitag hättest anrufen können, dies unterlassen und es erst am heutigen

Mittwoch nachgeholt hast. Folgende Frage: Willst du allen Ernstes, wie du behauptest, wissen, wie ich über deinen Schund denke? Wie, wenn du nun ein solches Interesse, das du in Wahrheit gar nicht empfindest, lediglich vorschütztest? Wenn du mich lediglich für einen schlichten Chirimoya-Hökerer anstatt für einen Literaturkenner hieltest? Anders gesagt, wenn du mich lediglich verarschst?«

»Du weißt ganz genau, wie sehr ich deine Meinung zu schätzen weiß«, erwidert er, »für Chirimoyas interessierst du dich nur zur Zerstreuung, das weiß ich doch. Im ganzen Viertel bist du derjenige, der sich in der Literatur am besten auskennt.«

Er schweigt und hofft, dass ich etwas sage, aber als er sieht, dass das nicht der Fall ist, räuspert er sich und fragt nochmals, welche Meinung meiner Ansicht nach die zweite Lieferung verdient.

»Hältst du es wirklich für Schund?«

»Tut mir leid, aber richtig besser ist es nicht geworden«, sage ich mit einem Seufzer. »Ich glaube, du hast es wirklich zu weit getrieben. Für den Fall, dass du deinen Roman jemals beenden solltest, verspricht das Ganze, ein gewaltiger Blödsinn zu werden.«

»Das sagst du doch nur, weil ich dich mit Thailand an der Nase herumgeführt habe. Regst du dich immer über solchen Quatsch auf?«

»Ich weiß wirklich nicht, wo ich anfangen soll: Gummipuppen, die reden können, die sich von selbst bewegen können, die auf dem besten Möbelstück im ganzen Haus zur Sache gehen wie ein x-beliebiges Studentenpaar, während die Hausherren nicht da sind. Schön und gut, das alles lasse ich noch durchgehen, wie ich dir schon gesagt habe. Die Fantasie, heißt es, ist ein immerwährender

Frühling. Aber in dieser zweiten Lieferung lässt du einen Fernsehmoderator auftreten, der den Leuten vor dem Fernseher in die Augen sieht und mit ihnen spricht. Das geht einfach zu weit.«

»Wir haben es eben mit einem sogenannten interaktiven Roman zu tun«, bemerkt Ramón, bestimmt weiß er selbst nicht genau, was er da sagt. »Mit einem pornosentimentalen und darüber hinaus interaktiven Roman.«

»Ach, du und deine Interaktivitäten«, sage ich, »ich glaube, dass das Pferd deiner Fantasie mit dir durchgegangen ist. Neulich habe ich's dir schon mal gesagt: Auch die unwahrscheinlichen Geschichten kommen nicht ohne eine gewisse Wahrscheinlichkeit aus. Also: Hast du dir schon überlegt, wie es weitergehen soll?«

»Noch nicht genau. In ein paar Tagen schicke ich dir die dritte Lieferung. Ich glaube, ich werde mit ein paar Ratschlägen an die Fernsehzuschauer, die sich den Schwanz verlängern lassen wollen, anfangen.«

»Dann weiter so mit deinen Rammlern! Für dieses Thema findest du bestimmt ein paar Leser. Aber verrate mir vor allem eines: Worin bitte ist dein Roman pornosentimental?«

Er schweigt und weiß keine Antwort. Ramón erinnert mich an bestimmte Intellektuelle, die besonders gern mit Worten hantieren, die sie nicht verstehen.

DRITTE LIEFERUNG

Diese dreißig Seiten lange dritte Lieferung besteht aus zehn violetten, zehn gelben und zehn roten Seiten. Er hat also wie zufällig die Fahne der Spanischen Republik zusammengesetzt. Vorsicht, sage ich mir, Vorsicht und nochmals Vorsicht bei diesem Schelm und seinen seltsamen Farbenspielen. Kann sein, dass dieser Spaßvogel mich Stück für Stück in seinem Sinne zu manipulieren versucht. Er kennt mich als eingefleischten Republikaner und hofft vielleicht, indem er mich wie zufällig an die geliebte Fahne erinnert, mein Wohlwollen zu ergattern.

Ich werde also behutsam vorgehen müssen. Meiner Ansicht nach mag das für den uns interessierenden Zusammenhang von untergeordneter Bedeutung sein, aber jeder kennt doch diese naiven Winkelzüge, mit denen sich hin und wieder grünschnäblige Autoren bei ihren Lesern sowie, das vor allem, bei ihren künftigen Verlegern einzuschmeicheln hoffen. Vielleicht ist das der Grund, warum Ramón sein Original in der Adobe-Garamond-Schrift abgefasst hat, auch noch in Dreizehn-Punkt-Schrift, in welcher ich meine Geschäftskorrespondenz abzuwickeln pflege.

Wie dem auch sei, hier beginnt jene dritte Lieferung, die freilich, abgesehen von ein paar chromatischen Kombinationen, in größerer Eile und mit weniger Sicherheit als die vorigen geschrieben scheint, wie sich an den vielen Korrekturen und Ausstreichungen ablesen lässt.

1

Der kleine Dicke im Fernseher fährt fort, die Vor- und Nachteile seiner Methode der Schwanzverlängerung gegeneinander abzuwägen.

Ich weiß auch nicht, wie er das macht, schreibt Ramón, aber jedes Mal, wenn er den Namen Machu Picchu ausspricht, sprühen aus dem Wappen auf der Brusttasche seiner Jacke ein paar goldene Funken.

»Schluss mit den Turnübungen, mit denen man tagein, tagaus versucht, spektakuläre Resultate zu erzielen«, verkündet der Showmaster den Fernsehzuschauern. »Niemand braucht mehr das Haus zu verlassen, und Luftpumpen, Pillen und sonst welche Hilfsmittel sind auch nicht mehr nötig.«

»Ich hab schon vor Jahren aufgehört, an Wunder zu glauben«, seufzt Basilio.

»Mit unserer Machu-Picchu-Methode«, fährt der Showmaster fort, »garantieren wir Ihnen innerhalb von ein paar Tagen eine Verlängerung um zwei bis sieben Zentimeter. Es gibt ein halbes Jahr Garantie, und wenn Sie nicht zufrieden sind, bekommen Sie Ihr Geld zurück.«

»Ich würde ihm das ja gerne alles abnehmen«, murmelt Basilio, während Lupercia immer noch Big John beschimpft.

»Am besten«, fährt der Dicke fort, indem er den Ton senkt und sich nach allen Seiten vorsichtig umschaut, als befürchte er, irgendjemand im Publikum könnte mitschreiben, was er sagt. »Am besten, ich sag's noch einmal, schicken wir Ihnen gar nicht erst irgendwelche verdächtigen Pakete nach Hause. Auf diese Weise umgehen wir die boshafte Neugier Ihres Hausmeisters. Füllen Sie das Formular auf unserer Website aus, doppelklicken Sie im Feld mit der Bezeichnung ›abschicken‹, und schon können Sie für nur zweiundvierzig Dollar von unserem Verfahren Gebrauch machen. Bedenken Sie außerdem, dass Machu Picchu vierundzwanzig Stunden *online* disponibel ist. Darüber hinaus steht Ihnen ein Kundendienst zur Verfügung.«

Basilio misstraut der Sache. Er findet es verdächtig, dass der Showmaster von Dollar redet anstatt von Euro, die doch immerhin ein bisschen mehr wert sind.

»Zwei bis sieben Zentimeter haben Sie gesagt?«

»Wir akzeptieren alle Kreditkarten«, sagt der Showmaster, ohne weitere Einzelheiten zu verraten.

Basilio überlegt, ob er sich bei einer eventuellen Bestellung der Dienste des Computers im Wäscheladen versichern sollte, der seit zwei Monaten über eine Internetverbindung verfügt. Der Dicke starrt ihn an und droht wieder mit dem Zeigefinger.

»Denken Sie daran, dass Ihre Puppe unbedingt genau die Zentimeter braucht, die Ihnen noch fehlen«, murmelt er. »Sie müssen vermeiden, dass sich peinliche Situationen wie die von heute Nachmittag wiederholen.«

2

Während Basilio ernsthaft die Möglichkeit erwägt, sich den Pimmel zu verlängern, beschließt Lupercia, das Geschrei sein zu lassen und es mit überzeugenderen Methoden zu versuchen. Als sie noch ein Mädchen war, hat ihre Mutter ihr beigebracht, dass die sanfte Tour auf jeden Fall erfolgversprechender ist als die Methode mit dem Kopf durch die Wand.

Gerade eben erkannte Basilio in einem lobenswerten Anfall von Demut, dass sein Schwanz zu kurz ist. Lupercia gesteht nun in einer weiteren Demonstration von Bescheidenheit, sie sei eine zu stark behaarte Frau, was einen erheblichen Nachteil bedeute, wenn Männer sie mit anderen Frauen verglichen.

»Ich geb's ja zu«, sagt sie und schmiegt die Wange in die Hand, »ich bin nicht unbedingt das, was man eine *femme fatale* nennt.«

Big John wendet seinen Blick nicht von der Wand. Alles, was seine Herrin zu ihm sagt, geht zum einen Ohr hinein und zum anderen wieder hinaus.

»Ich weiß, es gibt das Hilfsmittel der Depilation«, fügt Lupercia hinzu, »aber leider wächst uns das Fell nach, und wir müssen uns andauernd mit irgendwelchen Cremes einreiben oder sogar bei der Laser-Enthaarung unser Heil suchen.«

Big John hält weiter seinen Blick starr auf die Wand geheftet, gelangweilt vom Klageton der Frau.

»Was sollen wir Frauen denn machen«, jammert Lupercia, »angesichts solcher treulos raffinierten Flittchen, die sich nicht einmal mit der lästigen Tatsache der Monatsblutungen herumschlagen müssen. Sollen wir vielleicht mit verschränkten Armen dabei zuschauen, wie sie uns die Liebhaber abspenstig machen?«

Vollkommen klar, sie zielt auf das Mitleid ihrer Puppe. Aber wo bitte liegt das Herz der Puppen? Wo verstecken sie es?

Big John jedenfalls hält den Moment für gekommen, seine Karten aufzudecken.

»Ich will ehrlich zu dir sein«, gesteht er, »der Umstand, dass du so viele Haare hast, interessiert mich am allerwenigsten. Für Puppen sind solche Details nicht von Bedeutung. Das jedenfalls war nicht der Grund, warum ich dir Hörner aufgesetzt habe.«

»Komm, erzähl mir alles«, fleht ihn die Frau an und nimmt ihn bei den Händen, »du brauchst dich nicht zu schämen, mein Herz, sag, warum hast du mich betrogen?«

»Wenn ich ehrlich sein soll, vom ersten Moment unserer Begegnung an hatte ich Angst«, gesteht Big John mit kaum hörbarer Stimme.

Und ohne Umschweife spricht er jetzt von der Panik, die ihn schon immer beim Gedanken an alles verschlingende Vulven, zahnbewehrte Mösen und eingezwängte Schwänze ergriffen habe. Irgendjemand hat ihn mit dieser Angst angesteckt, als er noch in der Fabrik war, zusammen mit Hunderten von Kameraden, genauso unerfahren und arglos wie er selbst, gerade erst vom Fließband gelaufen und in Erwartung, über die Kaufhäuser im ganzen Land verteilt zu werden.

»Vorsicht mit den Frauen, die eines Tages fatalerweise eure Herrinnen und Beherrscherinnen sein werden«, so warnte sie eines Morgens der Produktionsleiter.

»Und dann erzählte er von den Mythen, Legenden, Sekten und Religionen, die im Laufe der Zeiten aus der Faszination, die die Männer seit jeher für die Vagina empfanden, entstanden seien. Er erwähnte auch ein Liebespaar, das beim Vögeln im Freien von einem Kerl erwischt wurde, der gerade mit der Taschenlampe Schnecken suchte. Dem Mädchen zog sich vor Schreck die Vagina zusammen, der Penis ihres Liebhabers steckte in seinem Gefängnis wie die Maus in der Falle, und sie mussten in die Notaufnahme des nächsten Krankenhauses gebracht werden.«

In solchen Fällen, fuhr der Produktionsleiter fort, behandeln die Ärzte die Menschen mit viel Rücksicht und Feingefühl. Wie aber würden sich die nämlichen Chirurgen verhalten, wenn sie feststellen müssten, dass der in der Falle steckende Penis nicht zu einem Menschen, sondern zu einer simplen Latexpuppe gehört? Würden sie sich in einem solchen Fall nicht darauf beschränken, ihn einfach abzuschneiden, will sagen, ohne viel Federlesen das Skalpell zu schwingen, um die Frau so schnell wie möglich von ihrem Gummiliebhaber zu befreien? Haben Puppen vielleicht ein Recht auf die Dienste einer Sozialversicherung, die sie behandelt, als wären sie Menschen?«

4

Big John hat keinen Thermostat, aber seine Silikonhaut hat immer die gleiche Temperatur wie seine Umgebung. Er ist also nicht fürs Schwitzen programmiert, und seine Designer haben auf diese einfache Weise dafür gesorgt, dass Lupercia nicht jedes Mal Deos kaufen muss, wenn sie mit ihrem Liebhaber eine Nummer schiebt.

Der wahre Schweiß ist allein Sache der wirklich menschlichen Wesen, werden sich die Fabrikanten gedacht haben.

»Wenn ich ehrlich sein soll«, gesteht Big John mit gesenktem Blick, »dann muss ich dir sagen, dass es mir mit dir noch nie so richtig gefallen hat. All mein Gestöhn war nichts als Komödie. Stell dir bitte vor (habe ich mir oft gesagt, während du geschnauft und gestöhnt hast wie die letzte Schlampe), stell dir vor, mein lieber Big, sie holen dich mit dem Krankenwagen, während du gerade im Körper dieser braven Frau steckst, und der Chirurg, nachdem er zur Kenntnis genommen hat, dass du ein Gummimann bist, schneidet einfach drauflos. Wen bitte interessiert danach noch eine aufblasbare Puppe ohne Penis? Ist nicht dein Pimmel deine und all deiner Kollegen einzige *raison d'être*? Kein Mensch hat sich je um deine Erziehung gekümmert. Du kannst nicht zwei und zwei zusammenzählen, du kannst weder subtrahieren noch multiplizieren oder dividieren. Sie haben dich weder lesen noch schreiben gelehrt, du bist ein ausgemachter Analphabet, du hast, glaube ich, noch nicht mal das Wahlrecht, und das in einem Land, in dem neuerdings jedermann behauptet, er sei Demokrat vom Scheitel bis zur Sohle. Das Einzige, was sie dir beigebracht haben, ist vögeln, und das machst du ganz gut. Aber ich frage noch einmal: Was nützt es dir, wenn du im Krankenhaus landest und sie dir den Pimmel abschneiden? Für wen bist du noch von Nutzen, wenn sie dir eines Tages ausgerechnet jenen Körperteil abschneiden, den du mit Fug und Recht seiner Größe und Konsistenz nach als deine fünfte Extremität bezeichnen könntest? Welche Stellung ist dir beschieden in dieser mitleidlosen Konsumgesellschaft, in der das große Gesetz regiert: So viel wie du hast, so viel bist du wert.«

»Ehrlich gesagt, ich hatte nicht den Eindruck, dass du dir so viele Fragen stelltest, wenn wir fickten«, erinnert sich Lupercia.

»Da gibt es noch etwas Schlimmeres«, fügt Big John hinzu, nachdem er einen Moment tief Luft geholt hat.

58

»Na los, sag schon«, bittet Lupercia, die ihn immer noch an der Hand hält.

5

»Ich glaube, ich habe mich in Marilyn verliebt«, sagt Big John. »Was uns verbindet, ist mehr als immer nur ficken.« Für dieses Geständnis hat er sich den Luxus eines kurzen Augenzwinkerns erlaubt. Es gibt diese plötzlichen Liebesanfälle, die wie aus dem Nichts entstehen. Andere Leute reden in diesem Falle von einer Blitzreaktion, von Liebe auf den ersten Blick. Dies jedenfalls, so berichtet Johr., ist die Art von Liebe, die vor ein paar Stunden seine Seele entflammt hat.

»Ich will dir alles genau erzählen«, sagt er. »Heute morgen, als ihr nicht zu Hause wart, habe ich es irgendwie geschafft, die Schranktür zu öffnen. Eigentlich war es ein Kinderspiel. Auf dem Gang begegnete ich Marilyn, der es ebenfalls gerade eben gelungen war, ihren Schrank aufzumachen und in den Flur hinauszugehen. ›Libertas inaestimabilis res est‹, entfuhr es ihr bei unserem Zusammentreffen auf Latein, wohl um mir zu verstehen zu geben, dass sie eine gebildete Puppe ist. Ich verstand nicht, was sie sagen wollte und bat sie, mir den Satz in unsere Sprache zu übersetzen. ›Die Freiheit ist ein unschätzbares Gut‹, sagte sie, mit leicht übertriebener Betonung. Ich, der ich immer gleich an das Schlimmste denken muss, nahm den Satz als eine Anspielung. ›Erzähl mir keine Geschichten und hör auf, dich zu verstellen‹, sagte ich, etwas gereizt. ›Du willst doch nur, dass ich dich flachlege.‹

So unverschämt hätte ich nicht sein dürfen. Marilyn war von meinen strengen Worten tief getroffen und fing an zu weinen. Ich bat sie für meine Grobheiten um Verzeihung, und um ihr zu zeigen, dass ich mich außer fürs Vögeln auch noch für anderes interessiere, erzählte ich ihr eine der zwölf Geschichten, die, kurz bevor ich die Fabrik verließ, als Bonus-Tracks auf die Extra-CD aufgespielt wurden. Darin ist die Rede von einem Mann, dem vom zu häufigen Ausspähen einer Nachbarin, die sich auf dem Balkon der Wohnung unter ihm splitterfasernackt zu sonnen pflegte, der Hals um einige Zentimeter länger wurde. Er ging ins Krankenhaus, wo sie eine Röntgenaufnahme machten und feststellten, dass sein Hals über nicht mehr Wirbel als jedes andere Säugetier verfügte.

›Wie bei den Giraffen‹, stellte der Radiologe fest.

Und der Mann war stolz, mit einem Tier verglichen zu werden, das allgemein als vergnügt und friedlich gilt.«

»Du brauchst mir das Ende nicht zu erzählen«, sagt Lupercia, ohne seine Hand loszulassen.

»Tja, und so haben wir uns verliebt«, seufzt Big John. »Als ich ihr die Geschichte vom Giraffenmenschen erzählt hatte, sah Marilyn mir schon in die Augen. Sie trocknete sich eine Träne und sagte, sie könne kaum glauben, dass Giraffen mit ihren endlosen Hälsen nicht mehr Wirbel als zum Beispiel eine simple Maus haben. Das Ziel bereits vor Augen, begann ich ihr noch die ebenfalls ziemlich lustige Geschichte vom Nilpferdmenschen zu erzählen, aber da sagte sie, wir sollten doch lieber über Fußball reden.«

6

»Wir saßen immer noch auf dem Sofa«, fährt Big John in seiner Selbstrechtfertigung fort, »und unterhielten uns ziemlich ausführlich über Fußball, das heißt, derjenige,

60

der redete, war ich, sie hörte mir zu, ohne ein einziges Mal den Mund aufzumachen. Ich habe noch nie ein Spiel gesehen, aber der Programmierer, ein echter Sportfex, hatte dafür gesorgt, dass es auch in dieser Hinsicht an nichts fehlte. Ich ratterte die Mannschaftsaufstellungen einiger Spitzenteams herunter, erinnerte an die Ergebnisse der letzten Europameisterschaft, und die ganze Zeit über lag ein süßes Lächeln auf ihrem Gesicht, als würde ich, anstatt ihr von Fußballspielern zu berichten, Feen- und Elfenmärchen erzählen. ›Auf der ganzen Welt‹, sagte ich zu mir, ›existiert garantiert nicht eine einzige andere Puppe, die so viele Informationen über Fußball ertragen kann.‹ Von da an war mir klar, welche Sorte Puppe ich da an meiner Seite sitzen hatte. Marilyn ist die Liebe meines Lebens, sagte ich mir. Im gleichen Moment meinte ich, auch zu begreifen, zu welcher Klasse von Puppen ich selbst gehörte, und schon öffnete ich langsam die Beine und begann leise zu schnauben.

›Also gut‹, sagte sie schließlich, mit von Gefühlen halb erstickter Stimme, ›nimm mich, hör auf zu predigen und schieb mir das Ding rein bis zum Anschlag.‹

Auf so viel Ehrlichkeit war ich gar nicht gefasst, schon gar nicht nach den Ausflüchten und den Zicken von vorhin, als ich gesagt hatte, ich wollte sie flachlegen. Ich kann beim besten Willen nicht sagen, ob es schlimmer ist, wenn man einer Frau sagt, man wolle sie flachlegen, oder wenn dieselbe Frau dir sagt, du sollest ihn ihr bis zum Anschlag reinschieben. ›So flatterhaft sind sie eben, die Frauen, zumindest einige‹, sagte ich zu mir, als wäre Marilyn allen Ernstes eine richtige Frau.

Aber ich nahm sie ohne weitere Umschweife beim Wort, und wir fingen wie die Verrückten an zu vögeln, aufgegeilt von den Pornofilmen, die in diesem Moment im Fernseher liefen. Dann seid ihr zurückgekommen, etwas früher als vorgesehen, und das Fest war vorbei. Das ist der wahrhaftige Bericht von unserer Liebesgeschichte.«

Lupercia beherrscht sich. Sie explodiert nicht, sondern gibt sich lieber als Frau von Welt, die im Laufe ihres Lebens schon viele Enttäuschungen hat erdulden müssen, der man nichts mehr vormachen kann und die doch immer noch gerne einen guten Rat erteilt.

»Hör mal, mein Freund«, sagt sie, unter mehrmaligem Kopfschütteln, »ich verstehe einfach nicht, was die Geschichte von dem Giraffenmenschen mit all dem zu tun haben soll. Hättest du mir die nicht ersparen können? Was ich sagen will, ist Folgendes: sich zum ersten Mal zu verlieben, kann ebenso romantisch wie frustrierend sein. Wir alle haben das Recht, uns selbst zu täuschen.«

Und schon spult sie wie aufgezogen ihre Theorie von der Liebe auf den ersten Blick herunter:

»Bedenke«, sagt sie, »dass diese Art Verliebtsein Gefühle von nicht allzu langer Dauer auslöst.«

Big John lauscht aufmerksam diesen Warnungen.

»Was mich am meisten begeistert«, rechtfertigt er sich, »ist die Art, wie sie mich anschaut. Ah, diese schwarzen Augen, die imstande sind, noch in den kältesten Herzen Flammen emporlodern zu lassen!«

»Vorsicht«, bemerkt Lupercia, »heute sind es feurige Blicke, aber schon morgen sind sie Asche.«

»Ah, diese Gesichtszüge, die noch den gleichgültigsten Herzen den Krieg erklären!«

Lupercia staunt über so viel lyrisches Talent. Kein Mensch hat sie davor gewarnt, dass John diese und andere Sorten von Ausrufen auf der Extra-CD einprogrammiert worden sind, die sich nur unter ganz speziellen Umständen in Gang setzt.

»Ich will dich ja nicht entmutigen«, fasst die arme Frau zusammen und wappnet sich mit Geduld, »aber sämtliche Spezialisten stimmen darin überein, dass auch wir Menschen so programmiert sind, dass wir nach einer Zeitspanne von achtzehn bis dreißig Monaten die Lust an einer Paarbeziehung verlieren. Ich nehme an, bei Puppen geht es eher noch schneller. Findest du, dass es sich wirklich lohnt, mich mit einer Puppe zu betrügen, die dich vielleicht schon nach zehn, zwölf Tagen wieder verlassen und vergessen hat?«

7

Basilio hat endlich den Entschluss gefasst, sich den Pimmel nicht verlängern zu lassen. Soll geschehen, was Gott will. Er teilt es dem Showmaster mit einer Kopfbewegung mit. Der kleine Dicke auf der anderen Seite des Bildschirms hat die Antwort registriert und zuckt mit den Schultern.

Soll doch jeder machen, wie er will, denkt er. Dies ist schließlich ein freies Land. Kein Gesetz hier schreibt den Leuten Mindestlängen für ihre Schwänze vor.

Er findet es geschmacklos, weiter auf der Sache herumzureiten, lässt Basilio links liegen und wendet sich erneut dem Mann mit der Mütze zu, der wieder da ist, weil er sich das Recht erworben hat, bei der zweiten Runde des Ratespiels mitzumachen. Die Fragen werden jetzt schwieriger, dafür gibt es aber auch größere Preise. Es geht nicht mehr um eine Schweineschulter, sondern um einen ganzen Schinken.

»Mal sehen, wie weit Sie kommen«, fährt der Dicke fort. »Für einen in frischer Gebirgsluft getrockneten Schinken brauche ich die richtige Antwort auf folgende Frage. Wie oft ejakuliert ein Mann im Laufe seines Lebens durchschnittlich?«

»Siebentausendzweihundert Mal«, antwortet der Mann mit der Mütze. »Das haben Sie mich schon vorher gefragt.«

»Sehr schön. Ja, das habe ich Sie schon vorher gefragt. Aber jetzt sollen Sie mir sagen, wie viele davon die direkte Folge einer Masturbation sind.«

»Das ist von Land zu Land verschieden. Bei uns, das habe ich jedenfalls gelesen, sind es zweitausend. Ich glaube, die Leute hier greifen sich ganz schön oft in die eigene Hose.«

Ein Beifallssturm bricht los, als hätte der Mann mit der Mütze mit seiner Antwort die patriotischen Saiten des Publikums in Schwingungen versetzt. Der Kandidat aber zeigt weiter seine ausdruckslose Miene und hält sich bedeckt. Er will den Tag nicht vor dem Abend loben.

»Jetzt beantworten Sie mir folgende Frage: Zu welcher Kategorie gehören die Spermatozoen? Zu den Pflanzen? Zu den Tieren?«

»Zu den Tieren«, kommt postwendend die Antwort.

»Nennen Sie mir einen schwulen Vogel«, verlangt der Dicke jetzt.

Der Kandidat grinst, als hätte er genau diese und keine andere Frage erwartet.

»Von den Pinguinen im Zoo von Bremerhaven heißt es, sie seien warme Brüder vom Scheitel bis zur Sohle«, antwortet er. »Irgendwo habe ich gelesen, dass die Pinguinweibchen, die sie extra aus Schweden herangeschafft haben, sie völlig kalt lassen. Diese Pinguine haben nichts als Steine bebrütet.«

Der Showmaster mahlt mit den Backenknochen. Ihn stört nicht nur die Leichtigkeit, mit der der Mann mit der Mütze alle seine Fragen beantwortet, sondern auch das ebenso obsolete wie grobschlächtige Vokabular, in dem er sich über Homosexuelle verbreitet.

»Sie sind also der Meinung, dass man von einem simplen Pinguin behaupten darf, er sei ein warmer Bruder, wie Sie sich auszudrücken belieben? Finden Sie nicht, dass solche Bezeichnungen geradezu wehtun, vor allem, wenn man sie in Bezug auf einen Vogel verwendet, der noch nicht einmal fliegen kann? Meinen Sie nicht, dass das Wort ›homosexuell‹ oder schlicht und einfach ›schwul‹ in diesem Fall angebrachter wäre?«

Der Kandidat zuckt mit den Schultern. Er weiß nicht genau, worauf der Showmaster hinauswill. Bei ihm zu Hause, im Dorf, herrschen immer noch klare Verhältnisse und die Leute reden geradeheraus und ohne Umschweife. Ein Tisch ist ein Tisch, und ein Stuhl ist ein Stuhl.

»Mittlere Geschwindigkeit der Samenzellen während der Ejakulation?«, fragt der kleine Dicke immer weiter. Er wirkt ein bisschen zerstreut, heute Abend. Vorhin hat er schon einmal eine Frage wiederholt, die er bereits in der ersten Runde des Quiz gestellt hatte. Aus dem Publikum kommen laute Proteste. Einige führen sich besonders herausfordernd auf und schütteln die Fäuste. Solche Fehler dürfen einfach nicht passieren, schon gar nicht in einer Fernsehshow, die vor einem Millionenpublikum läuft und über die in den einflussreichsten Presseorganen ausführlich berichtet wird. Der Showmaster entschuldigt sich, lächelt verlegen und vertauscht die rote Karte in seiner rechten Hand mit einer grünen, die er in der linken hält.

»Jetzt aber«, sagt er und geht ein paar Schritte auf den Kandidaten zu, »sagen Sie mir, welche Distanz ein Spermatozon überwinden muss, ehe es sein Ziel erreicht. Erinnern Sie sich: Wenn Sie die richtige Antwort wissen, erwartet Sie, als Zusatzprämie, eine wunderschöne Hostess hinter dem Wandschirm.«

Es handelt sich um eine Fangfrage, aber der Kandidat tappt nicht in die Falle.

»Was soll schon in diesen Zeiten das Ziel eines freiheitlich demokratischen Spermatozons sein?«, fragt er zurück und rückt sich die Mütze zurecht.

8

Big John redet immer noch von der Liebe, die Marilyn in ihm wachgeküsst hat. Seine Schaltkreise laufen auf vollen Touren. Gerade eben hat er, dank seiner Bonus-CD, Marilyn ein paar heiße, ihre schmachtenden Blicke besingende Komplimente gemacht. Jetzt zitiert er gerade den großen Plato und erinnert daran, dass Liebe als Zwischenstadium zwischen Besitz und Nichtbesitz definiert ist. Damit Lupercia irgendetwas kapiert, erklärt er, dass man keine Liebe empfindet, wenn man nicht besitzt, dass man aber zu lieben aufhört, sobald man besitzt.

Trotzdem ist es seltsam, ihn über all diese exquisiten Dinge reden zu hören, den Schwanz gleichzeitig hoch aufgerichtet und die Eichel im Zenit.

»Die Liebe«, flüstert er, eine weitere jener auf seiner Bonus-CD programmierten Phrasen wiederholend, obwohl er nicht ganz begreift, was sie bedeuten, »die Liebe ist ein Krokodil im Fluss der Sehnsucht.«

Lupercia fürchtet, dass Big John nie mehr die Puppe von früher sein wird, aber sie mag die Flinte noch nicht ins Korn werfen. Sie zieht sich den Schlüpfer aus und legt sich neben ihn auf das Bett.

»Aber Freunde können wir doch wenigstens bleiben?«, flötet sie und streichelt mit der rechten Hand Big Johns Eier.

»Du kannst mich gern für altmodisch halten«, sagt Big John, »aber ich glaube nicht an Freundschaft zwischen den Geschlechtern.«

»Es ist mir ganz egal, ob du mit Marilyn ins Bett gehst. Kein Problem, damit kann ich mich abfinden. Wenn du nur ab und zu auch mich mal so richtig durchfickst.«

»Unmöglich«, sagt Big John, »ich habe mir vorgenommen, vom heutigen Tage an dieser göttlichen Puppe die Treue zu halten. Mit jemandem befreundet zu sein, der hofft, es möge Liebe sein, ist doch außerdem genauso grausam wie jemandem, der Durst hat, ein Stück Brot zu geben, das weiß doch jeder.«

»Ein paar Nummern pro Monat, damit wäre ich schon zufrieden«, fleht Lupercia.

»Das sagen sie alle am Anfang«, sagt Big John.

Er hat in dieser Hinsicht keinerlei Erfahrung und redet nach dem Hörensagen, aber er weiß ein paar Dinge zu diesem Thema. Eines Morgens hat der Chef des Zentrallagers alle kürzlich vom Band gelaufenen Puppen zu einer Vollversammlung einbestellt und ihnen von einer bestimmten Sorte Frauen berichtet (aus Fleisch und Blut, versteht sich), die an Gebärfuror leidet, will sagen, am mächtigen und ununterdrückbaren Wunsch nach Geschlechtsverkehr.

»Verstehst du nicht? Ich will mich doch nur gut mit dir verstehen«, jammert Lupercia, »mehr nicht.« Aber seine Eier lässt sie immer noch nicht los.

»Es ist doch ganz einfach so«, sagt Big John und lehnt sich etwas nach hinten. »Ich bin eine Puppe, und immer, wenn es dir Spaß macht, wirst du mich beim Hals packen und aufs Bett zerren dürfen. Dass meine Erektion außerdem noch garantiert ist, weißt du sowieso. Von heute an jedoch wird alles, was du mit mir anstellst, den Tatbestand einer Vergewaltigung erfüllen.«

9

Von Zeit zu Zeit lässt der kleine dicke Showmaster seinen linken Arm herunterfallen, versetzt ihn in eine diskret pendelartige Schwingung und streicht auf diese Weise, als würde man es nicht bemerken, mit dem linken Handrücken über seinen Hosenstall. Er scheint diesem Manöver keinerlei Wichtigkeit beizumessen, aber jeder halbwegs aufmerksame Beobachter kann sehen, dass dieses Ferkel nach seinem Pimmel tastet, um sich auf diese Weise zu versichern, dass er immer noch an der richtigen Stelle baumelt.

Wäre doch nicht besonders lustig, denkt er, während unsichtbare Trompeten eine Fanfare schmettern, wenn mein kleiner Schurke nie mehr sein Haupt erheben würde.

Er ist inzwischen ziemlich müde und seine gute Laune von vorhin einigermaßen verflogen. Das lässt sich sogar an dem auf seine Jacke genähten Wappen sehen, das inzwischen kaum noch blinkt und blitzt, als ob die Batterie zur Neige ginge. Der Kandidat mit der Mütze hingegen steht immer noch wie eingepflanzt und mit verschränkten Armen mitten auf dem Podium, fest entschieden, auf sämtliche Fragen, die man ihm noch stellen wird, eine Antwort zu geben.

»Also gut«, sagt der kleine Dicke und mobilisiert die letzten Kräfte. »Sie wollen also die Frage nach dem wandernden Spermatozon nicht beantworten. Sie fragen sich mit Recht, was in diesen Zeiten das wahrhafte Ziel jener Spermatozoen sein mag, denen es gelingt, die Freiheit zu erlangen. Übergehen wir also diese Frage. Sagen Sie mir jetzt bitte, welches Säugetier den größten Penis hat.«

»Der Wal«, antwortet der Kandidat.

Und ohne dass der Showmaster ihn extra dazu aufgefordert hätte, fügt er hinzu, der Penis der größten Wale, nämlich der Blauwale, sei mehr oder weniger drei Meter lang.

»Kaum zu glauben, aber genau das steht auch hier«, kommentiert der kleine Dicke und wirft einen Seitenblick auf die Karte, die er in der Hand hält. »Drei Meter plus einen Zentimeter – mehr oder weniger.«

Basilio spürt plötzlich ein Gefühl der Erleichterung. Schon wahr, mein Penis ist ein lächerliches Nichts, sagt er sich, aber lässt sich das Gleiche nicht auch vom Penis eines jeden normalen Menschen behaupten, eingeschlossen das aufgeblasene Ding von Big John, verglichen mit dem eines Blauwals?

»Themenwechsel«, fährt der Showmaster fort und studiert zerstreut alle möglichen verschiedenfarbigen Karten in seiner Hand. »Wir kommen zur vorletzten Frage: Wer erfand den rittlings ausgeführten Geschlechtsverkehr?«

»Lilith«, antwortet der Kandidat.

Kaum zu glauben eigentlich, dass ein Kerl mit einer tief in die Stirn gezogenen Mütze so viele Dinge weiß. Der kleine Dicke will wissen, wer Lilith war, und der Kandidat antwortet, sie sei Adams erste Frau gewesen.

»Diese Frau hatte keine Lust, dauernd unten zu liegen, wenn Adam sie fickte, deshalb erfand sie die rittlings praktizierte Liebe. Manche halten sie deshalb für die erste Feministin.«

Die Leute klatschen, und der kleine Dicke bittet mit ausgebreiteten Armen um Ruhe. Das Wappen auf seiner Jacke ist definitiv erloschen.

»Kommen wir also zur letzten Frage«, verkündet er feierlich. »Wenn Sie richtig antworten, gehört Ihnen der große Spezialpreis. Kommen wir also zu den übernatürlichen und mystischen Orgasmen. Antworten Sie: Wie viele Penisse benötigt der Teufel, um eine Frau mit Gebärfuror zu befriedigen?«

Auch dieses Mal macht der Mann mit der Mütze nicht viele Umstände. Er hebt die Augenbrauen und zuckt mit den Schultern.

»Na los, los, kommen Sie. Sie werden doch jetzt nicht schlappmachen«, ermuntert ihn der Showmaster. »Denken Sie an den Schinken und an die Hostess hinter dem Wandschirm. Ich glaube, sie hat sich schon den Schlüpfer ausgezogen. Wie viele Penisse benötigt der Teufel, um eine Frau mit Gebärfuror zu befriedigen? Drei? Vier? Sieben? Zweiunddreißig?«

Die kleine Frage hat es in sich. Klar, die Wettbewerbsleiter, die ein ausgefuchstes Team ungarischer Spezialisten mit der Ausarbeitung der Fragen beauftragten, sind nicht bereit, den Schinken dem erstbesten Dahergelaufenen zu überlassen, und schon gar nicht, dass irgendein Heini mit Mütze die schöne Hostess befingert. Sie wollen, dass der schöne Schinken auch künftigen Kandidaten als Stimulus und Anreiz dient.

10

Ist doch einfach merkwürdig, denkt Basilio, dem das Problem der verschiedenen Schwanzlängen immer noch keine Ruhe lässt, dass wir Menschen uns dermaßen für eine Kleinigkeit interessieren, die sich mal ausdehnt, mal zusammenzieht.

Und in Gedanken an die relativen Ausmaße unserer jeweiligen Schwengel – was dem einen groß vorkommt, ist für den anderen ein jämmerliches Elend – fühlt er sich in seiner Entscheidung bestätigt, sich den eigenen nicht verlängern zu lassen und weiterhin nach bestem Willen allen auf ihn noch wartenden fleischlichen Herausforderungen gegenüberzutreten.

Als Erstes, sagt er sich, muss ich Marilyn vergessen und mir eine andere Puppe besorgen, nicht so unabhängig und, natürlich, nicht so anspruchsvoll.

Er knipst mit der Fernbedienung den Fernseher aus und geht in sein Zimmer. Draußen wird es zwar schon dunkel, aber die Schlüpfer der Nachbarin aus dem dritten Stock sind immer noch gut zu sehen, wie die Fahne einer besiegten Armee baumeln sie traurig im Regen.

Schneewittchens süße Höschen sehen anders aus, denkt er.

Um Marilyn zu zeigen, dass er sich wie der glücklichste Mensch der Welt fühlt, fängt er an, die Seguidilla aus *Carmen* zu trällern, genau die Melodie, die die Puppe immer singt, wenn ihr die Fotze zu jucken beginnt.

Die Puppe im Schrank, schon ganz krank vom Naftalingeruch, zuckt mit den Schultern. Mit jeder Minute fühlt sie, wie ihre Liebe zu Big John immer größer wird.

»Du kannst singen, so viel du willst, aber ich werde nie mehr die deine sein«, erinnert sie Basilio, die Lippen ans Schlüsselloch gepresst.

»… *chez mon ami Lillas Pastia*«, singt Basilio herausfordernd.

»Hihihi«, kichert Marilyn, und um zu demonstrieren,

dass auch sie Passagen aus Carmen kennt, singt sie: »*L'amour est un oiseau rebel!*«

»*Ah, laisse-moi te sauver et me sauver avec toi!*«, macht er sich über sie lustig und schmiegt sich an die Schranktür.

»Dir ist doch einfach nicht zu helfen«, ruft Marilyn, bestimmt malt sie sich genüsslich seine häufigen Niederlagen im Bett aus.

11

Damit endet die dritte Lieferung des Romans, die den ersten beiden meiner Meinung nach keinerlei bedeutsame Neuerungen hinzufügt. Die Erzählung bewegt sich durch schlechterdings unsinnige Gefilde, aber ehe Ramón mich wieder nach meiner Meinung fragt (mit Sicherheit ruft er heute Abend an), werde ich schriftlich einige Überlegungen niederlegen, die mir als Erinnerungsstütze nützlich sein könnten, wenn er mich wieder mit konkreten Fragen bombardiert.

Ich finde nach wie vor, dass er, egal was dabei Miserables zustande kommt, alles Recht der Welt hat, seinen Roman weiterzuschreiben – in diesem Land gibt es eine Menge Leute mit ähnlicher Begabung, die damit sogar Wettbewerbe gewinnen und denen man Medaillen um den Hals hängt –, aber dieses Mal will ich auf exemplarische Weise streng sein und meinen Finger auf alle schwachen Punkte legen, die mir aufgefallen sind.

Punkt eins:
Lieber Ramón, werde ich ihm entgegenschleudern, sobald ich das Telefon abgenommen habe, als Allererstes muss ich dir mitteilen, dass, egal welche poetischen Freiheiten

du dir herausnimmst und wie tadellos die Schaltkreise auch funktionieren mögen, es mir doch übertrieben erscheint, dass diese Puppe das komplette Libretto der Oper *Carmen* auswendig hersagen kann. Erlaube mir die Feststellung, dass sie gut und gerne auf eine Art und Weise programmiert sein mag, um den Refrain von *Près des remparts de Séville* zu singen, dass mir aber der Umstand, dass sie auch *L'amour est un oiseau rebel* kennt, einigermaßen übertrieben vorkommt.

Punkt zwei:
Ich finde es ebenso wenig glaubhaft, dass Basilio, der schließlich und endlich zusammen mit seiner Frau einen bescheidenen Laden für Reizwäsche führt, ein dermaßen korrektes Französisch beherrscht und sogar den Text von *laisse-moi te sauver et me sauver avec toi* hersagen kann. Eindeutig zu weit aber treibst du es, wenn du behauptest, er sei imstande, auf Deutsch jene Passage zu singen, die mit den Worten *Altgewohntes Geräusch* beginnt, unter anderem, weil dieses Fragment nicht von Siegfried, also einem Mann, gesungen wird, sondern von einer Frau, nämlich Brünnhilde.

Mir ist wohlbekannt, dass es Opernfreaks gibt – halbverrückte Leute, die manchmal schon fast unter Persönlichkeitsspaltung leiden –, die das Libretto vom *Ring der Nibelungen* auswendig können, aber das nur, weil Wagners Musik ihnen eine heroische Vergangenheit vorgaukelt, die sie nie erlebt haben, und die dafür sorgt, dass sie sich ein bisschen weniger blöd, dafür aber selbstverständlich sehr wichtig vorkommen.

Wie auch immer, Freund Ramón, um Tangas und Strumpfbandhalter zu verkaufen, so scheint mir, muss man nicht unbedingt *Carmen* singen oder aufsagen können, dass die Liebe ein rebellischer Vogel ist. Ich versichere dir, das einzige Vögelchen, für das sich die Kunden eines bescheidenen Reizwäscheladens um die Ecke interessieren, ist dasjenige, welches ihnen zwischen den Beinen baumelt.

Punkt drei:
Indiskutabel erscheint mir die Vorstellung, dass Big John, schließlich und endlich nicht mehr als eine simple Silikonpuppe, sich angeblich vor einer *vagina dentata* fürchtet oder ihrer saugnapfbewehrten Entsprechung, als wäre er ein Mensch aus Fleisch und Blut. Ich kann das genauso wenig glauben wie seine angeblichen Kenntnisse von Platons Theorien über die Liebe, von der er meint, sie sei ein Zustand zwischen Besitz und Nichtbesitz. Du wirst natürlich sagen, es handele sich dabei nicht um seine Angst, sondern um die der Techniker, die sie auf die Puppen übertragen und ihren Schaltkreisen einprogrammiert haben, aber mit einer solchen Antwort machst du alles noch viel komplizierter, weil sie uns unmittelbar mit der berühmten Kausalitätstheorie konfrontiert, derzufolge die Ursache einer Ursache die Ursache allen Übels ist. Tatsächlich führt uns die strikte Anwendung dieses Prinzips in einigermaßen lächerliche Situationen. Denn aufgepasst! – so werde ich ihn weiter fragen –, macht sich denn bitteschön ein Tischler des Ehebruchs schuldig, nur weil er das Bett hergestellt hat, in dem das Verbrechen seinen Lauf nahm?

Punkt vier:
Ich kann nicht ganz verstehen, wieso ein Produktionsleiter sich die Mühe machen soll, einen ganzen Haufen aus Silikonpuppen von den Gefahren in Kenntnis zu setzen, die von einer leibhaftigen Frau ausgehen können. In diesen

harten Zeiten, in denen wir gezwungen sind zu existieren und in denen der Egoismus das Maß aller Dinge ist, gibt es keinerlei Erklärung für diese Art der Nächstenliebe. Aus dem Schaden anderer klug zu werden, das muss heute jeder selbst lernen.

Punkt fünf:
Big John begegnet Marilyn auf dem Gang. »*Libertas inaestimabilis res est*«, ruft die Puppe, garantiert mit vorgereckter Beckenlandschaft, so als wolle sie ihr Katzenfell ihrem Gegenüber auf dem Silbertablett präsentieren. Kaum ein Leser dürfte kapieren, warum sie auf Latein ausruft, die Freiheit sei ein unschätzbares Gut. Sagt sie das, weil sie es geschafft hat, aus dem Kleiderschrank zu entwischen und nun wie Gott sie schuf, will sagen, splitterfasernackt in der Wohnung herumspazieren kann? Reduziert sich jene heilige Freiheit, deren Leuchten Aristoteles mit nichts weniger als dem eines Gestirns verglich, auf solche Nichtigkeiten?

Mein lieber Freund, so werde ich zu ihm sprechen, mir scheinen da ein paar Erklärungen fällig. In unseren Zeiten benutzen wir den Terminus Freiheit mit allzu sorgloser Häufigkeit, ohne einen Gedanken an seine Tragweite zu verschwenden. Jeder Hanswurst steigt heute auf seinen Dachboden, um irgendeine Fahne zu hissen, die er sich gerade ausgedacht hat, und für die er selbstverständlich niemandem eine Erklärung schuldig zu sein glaubt.

Punkt sechs:
Ich finde, ein bisschen übertreibst du auch mit diesem Quiz. Das sind doch viel zu komplizierte Fragen. Mag ja sein, dass dank der Fürsorge unseres Erziehungsministeriums die Bürger in Sachen Sexualität besser Bescheid wissen als vor fünfzig Jahren, aber einen schlichten Mann aus

der tiefsten Provinz (der garantiert noch mit zehn Fingern rechnet) zu fragen, welche Entfernung eine Spermazelle zurücklegen muss, bevor sie an ihr Ziel gelangt, setzt gewisse Kenntnisse über die Nettogeburtenrate sowie über die durchschnittliche Zeugungsrate der Mitbürger voraus.

Bedenke bitte, so werde ich fortfahren, dass der Fall der Geburtenrate in den entwickelten Ländern direkt auf die demographische Implosion verweist, in unseren Zeiten ein fast noch ernsteres Problem als die demographische Explosion. Der Kandidat mit der Mütze sollte sich auch auf Dinge wie Geburtenkontrolle und Verhütung einen gewissen Reim machen können und wissen, was sich für junge Menschen schickt (ich beziehe mich hier auf die Schlawinerinnen zarten Alters, die allenthalben Erwachsenen zum Verhängnis werden), ehe sie sich entscheiden, mit ihrem Sexualleben zu beginnen; zum Beispiel zu wissen, welche Verhütungsmethoden es gibt und welches die geeignete ist.

Zusammengefasst – werde ich schließen – wäre es mehr als genug gewesen, den Kandidaten zu fragen, ob es sich bei diesen seltsamen Viechern (die Rede ist immer noch von Spermatozoen) nun um Tiere handelt oder aber, wie einige immer noch glauben, um Pflanzen.

Punkt sieben:
Mir gefällt auch nicht besonders, dass du so viele scheußlich klingende Wörter benutzt, egal für wie pornographisch du den Roman auch ausgibst. Vor allem halte ich es für ganz und gar unnormal, dass eine Frau mittleren Alters, Chefin eines Geschäfts für Unterwäsche, ständig diese Art von Gassenjargon benutzt. Ja, ja, ich kann mir einfach keine Frau in diesem Alter vorstellen, die, egal wie sehr sie das Gravitationszentrum juckt, will sagen die Mu-

schi (in diesem Falle bin ich es zugegebenermaßen, der dieses leicht anrüchige Substantiv benutzt), ihren Liebhaber ständig anfleht, ihr was reinzuschieben, sie flachzulegen, sie zu nageln oder gar ihr die Gurke zu geben, ein Substantiv (natürlich ist hier nicht das Gemüse gemeint), das mir in diesem Zusammenhang, in dem die Rede ist von dem geläufigen Phänomen der vaginalen Penetration, besonders unanständig erscheint. Kurz, ich will damit sagen, dass eine politisch korrekte Frau (und Lupercia gehört trotz ihres leicht ungehobelten Äußeren unbedingt dazu) nie solche Worte in den Mund nimmt. Schon wahr, in einem bestimmten Moment versichert sie Big John, dass sie sich doch nur ein wenig mitteilen will, aber mit diesem hübschen Euphemismus kann sie doch nicht ernsthaft irgendjemanden hinters Licht führen, schon gar nicht, wenn du im nächsten Augenblick festhältst, dass sie nicht einmal, als sie sich zu dieser Äußerung verstieg, die Eier ihres Liebhabers losließ.

Ich bestreite ja gar nicht, dass sprachliche Grobheiten, die ein auf dem Zenit seiner Begierde angelangtes Paar in spezifischen Momenten benutzen mag, von dem, der diese Schimpfworte vorbringt, als eine Art akustischer Sadismus empfunden werden könnten, von dem aber, der sie sich anhört, als akustischer Masochismus – eine solche Betrachtungsweise aber entwertet mitnichten jene von vorhin, weshalb ich an deiner Stelle einfach die Anzahl der Schimpfwörter auf das unbedingt Erforderliche herunterschrauben würde.

Natürlich wirst du mir entgegnen – so rede ich gegebenenfalls weiter auf ihn ein –, dass diese unanständige Sprache die konterkulturellen Bedürfnisse der Jugend widerspiegelt, aber ich glaube, dass weder Lupercia noch Basilio als Jugendliche gelten können.

Wenn er eingeschnappt ist und mich ob meiner Kritik als Reaktionär beschimpft, werde ich ihm entgegnen, es sei mehr als erwiesen, dass ich ein lupenreiner Demokrat bin, der fest an die Freiheit der Meinungsäußerung glaubt und der dafür sogar vor ein paar Jahren eines Nachts bei Wasser und Brot im Kerker einer Polizeiwache eingesperrt wurde, ehe mein Vater, er sei gepriesen, den Polizeichef anrief, um ihm gehörig die Meinung zu sagen.

Punkt acht:
In Kapitel neun dieser vorerst letzten Lieferung – so werde ich fortfahren – redest du von übernatürlichen sowie mystischen Orgasmen. Da du schon einmal auf dieses Thema zu sprechen kommst, hättest du auch gleich von den exorzistischen Orgasmen sprechen können, zum Beispiel von jenem, der Inés de Moratalla im Jahre 1614 widerfuhr, sowie von den protowissenschaftlichen Orgasmen, die zum Beispiel die Ärzte im Jahre 1714 der Prinzessin Maria Teresa von Habsburg verschrieben, die nicht einmal unter vorgehaltener Muskete schwanger wurde.

»Meiner Meinung nach sollte die Vulva Ihrer Majestät vor dem Koitus gebürstet werden«, lautete die überlieferte Rezeptur eines der Ärzte.

Findest du nicht, dass dein Kapitel erheblich unterhaltsamer hätte sein können, wenn du auch diese Sorte Orgasmus erwähnt hättest?

Punkt neun:
Was genau meinst du, wenn du in Kapitel acht schreibst, die Liebe sei ein Krokodil im Fluss der Sehnsucht? Mit diesem Zitat habe ich mich lange herumgeschlagen (übrigens klingt es ziemlich aufgeblasen), denn es wird nicht erklärt, um welche Sorte Liebe es sich dabei handelt. Mehr

als zwanzig Krokodilarten sind bekannt. Welches ist hier gemeint? Das Nilkrokodil, das größte von allen? Das in Burundi beheimatete Riesenkrokodil? Mit welcher Sorte Liebe identifizierst du dies monströse Reptil? Vielleicht mit der göttlichen Liebe? Mit der verbotenen Liebe, die uns besonders gefällt? Mit rein fleischlichen Liebesformen? Mit der Liebe als Schnellfick ohne Vorspiel? Willst du mit deiner Anspielung auf das gepanzerte Reptil möglicherweise sagen, dass die Liebe wie ein Krokodil ist, das alles, was in den Fluss fällt, ohne Unterschied verschlingt, den Müll nicht ausgenommen? Was aber hat es auf sich mit diesem geheimnisvollen Fluss? Ist er nichts weiter als eine Sehnsucht, die sich langsam durch die Ebene wälzt und sich von den vorübergleitenden Landschaften nährt?

Zusammengefasst, mein lieber Ramón, hättest du nicht lieber die Krokodile beiseite lassen und eine schlichtere Metapher wählen sollen, eine, die jeder versteht? Zum Beispiel jenen netten Singsang, in dem ein frisch Verliebter mit einem frischen Fisch verglichen und behauptet wird, beide seien nach drei Tagen ungenießbar.

Eindeutigkeit, lieber Freund, Klarheit und Eindeutigkeit. Werde nicht wie jene Schriftsteller, die absichtlich ihre Texte verdunkeln, weil sie meinen (ganz wie jener griechische Weise, dessen Name mir jetzt gerade nicht einfällt), wo Finsternis herrsche, da rege sich stille Größe.

12

Schade, aber leider ergab sich keine Gelegenheit, all diese Beobachtungen an den Mann zu bringen. Ramón rief mich gestern an, Punkt vier Uhr nachmittags, aber anstatt zu fragen, was ich denn nun von seiner dritten Lieferung hielte, wollte er anscheinend nichts davon wissen und verbreitete sich stattdessen über alles Mögliche.

Vielleicht fühlt er sich gedemütigt von meinen Vorwürfen wegen seiner getürkten Reise nach Thailand und will mir zu verstehen geben, dass er sich von jetzt an nicht länger an meine Ratschläge gebunden fühlt.

Kaum hatte ich den Hörer abgenommen, fing er an mit Klatschgeschichten über einen seiner Nachbarn, der gerade einen Sohn mit sechs Fingern bekommen habe (in Wahrheit war es seine Frau, die das Kind bekommen hatte), und wollte wissen, was ich von additiven Missgeburten hielte.

»Was meinst du mit additiven Missgeburten?«, fragte ich.

»Additive Missgeburten«, erklärte er, »sind zum Beispiel Kinder, die mit zwei oder drei Köpfen geboren werden. Subtraktive Missgeburten hingegen sind solche, die mit weniger Extremitäten als vorgesehen geboren werden.«

»Köpfe sind keine Extremitäten«, wies ich ihn zurecht. »Und niemand, der in dieser albernen Welt mit weniger als einem Kopf geboren wird, ist eine subtraktive Missgeburt.«

»Du weißt ganz genau, was ich meine«, antwortete er, immer noch ohne die leiseste Anspielung auf seinen Roman.

Ich fragte ihn, ob ein Mensch mit drei Eiern vielleicht auch als additive Missgeburt durchgehen könnte. Daraufhin fing Ramón an zu lachen und antwortete, so jemand sei eher ein Glückspilz. Dann wurde er wieder ernst und fing an, von Frauen mit multiplen Brustwarzen zu reden, nicht ohne zu ergänzen, in Japan hätten einige Hersteller die Möglichkeit erwogen, eine Puppe mit drei Titten auf

den Markt zu werfen, die in Form eines Dreiecks ange-
bracht seien, zwei oben und eine darunter.

Nicht ein einziges Wort hingegen, das möchte ich hier
festhalten, das sein Interesse für meine Meinung über sein
Projekt verraten hätte. Erst ganz am Ende sagte er wie ne-
benbei, ich würde in ein paar Tagen in meinem Briefkasten den vierten Teil finden, aber einfach so, ohne weiteren
Kommentar oder eine Bitte.

Nachdem er das gesagt hatte, faselte er weiter von seinen additiven Missgeburten und erwähnte ein afrika-
nisches Mädchen, das mit zwei Köpfen auf einem einzigen
Hals zur Welt gekommen sei. Er erklärte mir, wenn einer
der Köpfe zu essen anfinge, liefe dem anderen das Wasser
im Munde zusammen, und als ich fragte, was das heißen
solle, stellte er dieses Mädchen als exemplarische Inkarna-
tion der Liebe und der gegenseitigen Durchdringung hin,
die angeblich zwischen allen Kreaturen Gottes auf dieser
Welt herrschen solle.

Dieses Mal also blieb er ohne Kenntnis meiner Meinung über seine dritte Lieferung, die allerdings mitnichten besser ist als die, welche den ersten zwei zuteil wurde.

VIERTE LIEFERUNG

Dieses Mal sind es vierzehn Blätter von violetter Farbe in einem kobaltblauen Umschlag. Kann sein, dass das mit der republikanischen Flagge neulich doch ein Zufall gewesen ist. Mir entgeht jedoch nicht, dass Violett – Ergebnis der Mischung aus Rot und Blau – die einzige Farbe ist, die eine Vereinigung der Extreme zur Grundlage hat.

Der Roman setzt wieder ein in dem Augenblick, als Marilyn in grausamen Worten (damit man sie besser versteht) Basilio mitteilt, ihm sei nicht zu helfen.

Hier also, ohne weiteren Kommentar, der Fortgang der Geschichte:

1

»So sieht's doch aus«, wiederholt Marilyn aus dem Schrank, »dir ist einfach nicht zu helfen.« »Wäre sie eine richtige Frau und keine Silikonpuppe, hätten ihr zu diesem Zeitpunkt die Ausdünstungen der Mottenkugeln längst Übelkeit, Bauchschmerzen, Herzrasen, Atemnot oder gar Durchfall beschert.

»Einfach nicht zu helfen«, zischt sie noch einmal, die Lippen ans Schlüsselloch gepresst.

Deutlicher wird sie nicht, aber es ist klar – halten wir dies fest –, dass Basilios mäßige Sexualleistungen gemeint sind.

»Na warte«, verteidigt sich Basilio energisch, aber gefasst. »Was geht's euch an, ob euren Liebhabern aus Fleisch und Blut zu helfen ist oder nicht? Was stört euch denn bitte? Was soll eine Puppe an ihrer Beziehung zu einem Mann schon auszusetzen haben? Ihr seid doch bloß Objekte, hergestellt, um Lust zu verschaffen und nicht, um selbst in ihren Genuss zu kommen.«

Marilyn, die nicht auf den Mund gefallen ist, beschimpft ihn als Macho. Bestimmt war auch Basilio, egal, was das Horoskop über die Schützen sagt, in all den Jahren seiner Ehe nur ein weiterer dieser Ehemänner, die die Gefühle ihrer Frauen ausbeuten.

»Machos sind tödlich«, verkündet Marilyn hinter ihrer Schranktür, als liefe sie an der Spitze einer feministischen Demonstration durch die Straßen.

85

»Also gut«, explodiert endlich der Mann, »jetzt ist Schluss der Vorstellung!«

Er sperrt den Kleiderschrank mit dem Schlüssel zu und überlässt Marilyn ihren bitteren Gedanken.

»*L'amour est un oiseau rebel*«, singt er und verlässt das Zimmer.

Aber das ist nur Pfeifen im Walde. Schwer atmend sinkt er auf das Sofa, und ihm fällt der Verkäufer im Sex-Shop ein, der gesagt hatte, die Puppe könne schon mal ein bisschen über die Stränge schlagen.

Ich sollte sie durch eine mit weniger feministischen Anwandlungen ersetzen, nimmt er sich vor.

2

Inmitten der Finsternis – unglaublich, wie stockdunkel und unbequem Kleiderschränke sein können – hängt Marilyn weiter ihren Gedanken über Makro- und Mikromachos nach. Bei der Programmierung ihrer Festplatte hatte ein Spezialist seine Hand im Spiel gehabt, der sich in Sachen Männlichkeit gut auskannte und der Puppe ein paar eindeutige Ideen mit auf den Weg gab.

Mich in den Kleiderschrank zu sperren und mir die Tür vor der Nase abzuschließen, denkt sie, das ist typisch für mickrige Zwangsmachos.

Zum Glück fühlt sie, wie ihre Liebe zu Big John immer stärker wird, und die Erinnerung an seine in stetiger Erektion hoch aufragende Latte tröstet sie in dieser bitteren Stunde. Ansonsten hat sie in ihrem kurzen Leben bisher nur mit dem Schwanz von Basilio Bekanntschaft gemacht, aber so wie die Dinge liegen, kann sie sich in dieser Welt niemanden vorstellen, der von sich behaupten könnte, eine so prächtige und gut funktionierende Rute wie Big John zu haben.

Bestimmt taucht Big John früher oder später wieder auf, um mich zu retten, denkt sie und packt mit aller Kraft das Rohr des Staubsaugers, den Basilio ebenfalls im Kleiderschrank aufbewahrt.

Sie fühlt sich wie eine Prinzessin, die im Palast des Ungeheuers gefangen sitzt und der Ankunft ihres Märchenprinzen entgegenschmachtet. Sie kann ja nicht ahnen, dass auch Big John sich in diesem Moment ein paar ernsten Problemen gegenübersieht.

3

»Ich frage dich jetzt zum letzten Mal«, sagt Lupercia, während sie Big John an der Gurgel gepackt hält und ihm ihren Atem ins Gesicht bläst. »Wer ist besser? Ich oder diese Puppe?«

»Tut mir leid, aber du bist es nicht«, erwidert Big John, »ich bleibe bei der Puppe.«

Zu dumm, aber auf seinen Schaltkreisen sind Lügen nicht vorgesehen. Verglichen mit echten Menschen ein wirklich ernster Nachteil für Puppen.

»Na schön«, murmelt die Frau, während sie spürt, wie sich ihr Schnurrbart sträubt. »Wozu noch weiter Worte darüber verlieren.«

Und mir nichts, dir nichts sticht sie mit einem wohlgeschärften Messer der Puppe in den Rücken, ungefähr da, wo jenes verfluchte Blatt Siegfrieds Unverwundbarkeit verhinderte.

[Bitte frag mich jetzt nicht – bittet Ramón und gibt mir eine Erklärung, um die ich ihn gar nicht gebeten habe –, wo Lupercia das Messer versteckt hatte, denn nicht einmal der Autor, ich selbst also, weiß es. Kann sein, dass sie es nirgendwo aufbewahrte, es sich folglich um eine Schöpfung des Augenblicks handelt, entsprungen dem Zorn über diese Puppe und einzig und allein für diese Gelegenheit bestimmt.]

»Ich sterbe«, flüstert Big John.

Schnell entweicht ihm die Luft, und im Handumdrehen hat er sich in eine Art erschlafften Fahrradschlauch verwandelt. Noch nicht einmal als Schlauchboot wäre er in diesem Zustand zu gebrauchen. *Sic transit gloria mundi.* Nur der immer noch hochragende Penis zeugt von seiner einstigen Pracht.

»Ich sterbe«, seufzt er noch einmal, mit kaum hörbarer Stimme.

Seine Augen erstarren, während er noch das Pfeifen hört, mit dem die Luft seiner Wunde entweicht. Es gibt keine Rettung. Erschreckend, wie schnell man vom Leben zum Tod hinübergeht. Da ist kein Licht am Ende des Tunnels, die Umrisse der Dinge verschwimmen immer mehr, und die grob gestrickten Baumwollunterhosen schweben jetzt auf der Wäscheleine, als wären sie aus zartestem Musselin.

Wahrscheinlich sterben auch die Menschen auf diese Weise, denkt er und verbraucht damit den letzten noch auf seiner Festplatte gespeicherten Energievorrat.

Dann verliert er definitiv das Bewusstsein und tritt ein in den synthetischen Himmel der Gummipuppen. Eigentlich lächerlich, dass sein unbeirrt steifer Penis das einzig nennenswerte Überbleibsel von Big John ist.

Er ist schuld, rechtfertigt sich Lupercia.

Sie bereut ihr Verbrechen kein bisschen, aber einen Schluck muss sie doch erst einmal nehmen. Seit ein paar

Wochen hat sie eine Flasche mit süßem Anisschnaps unter ihrem Bett versteckt – sie hat sie dorthin gelegt, um sie in schlaflosen Nächten zur Hand zu haben –, aber heute Abend geht sie lieber in die Speisekammer, auf der Suche nach einer Flasche mit trockenem Anisschnaps, der ihr kräftiger erscheint.

»Weh über die Eifersucht und ihre ständigen Verheerungen«, ruft sie aus, während sie durch den Gang läuft.

4

Während Lupercia mit der Schnapsflasche ihr Zimmer aufsucht, stöbert Basilio in einem Pappkarton, auf der Suche nach dem Katalog für erotische Produkte, den der Sex-Shop vierteljährlich seiner Frau zuschickt.

»Wollen wir doch einmal sehen«, sagt er und schlägt die erste Seite auf, »hier haben wir die unverschämte Barbarella und den Rattenschwanz ihrer Freunde.«

Von all den galaktischen Heroinen mit ihren seltsamen Uniformen und außerirdischen Titten hat er sich noch nie besonders angezogen gefühlt. Er mag lieber eher traditionelle, als Krankenschwestern oder als Stewardessen oder gar als japanische Oberschülerinnen gekleidete Puppen. Eines jedenfalls ist klar: Nach seinen Erfahrungen mit Marilyn hätte er am liebsten erst einmal eine Puppe, die nicht reden kann, die sich darauf beschränkt, bestenfalls ein wenig zu seufzen und drei, vier kleine Dinge von sich zu geben, von denen sich niemand kompromittiert zu fühlen braucht, will sagen, die sich wie eine jener klassischen Puppen zu benehmen weiß, die ihren Aufgaben in aller Bescheidenheit und ohne technische Kinkerlitzchen, aber letztlich genauso effektiv nachkommen.

Es war ein Fehler, eine so schlaue Puppe zu kaufen, denkt er wieder.

Im Grunde ist Basilio immer einer jener Männer gewesen, nach deren Überzeugung Frauen dazu geboren sind, ihr Leben zwischen Kochtöpfen und Bratpfannen zu fristen. Vor ein paar Jahren hätte er fast einen Antrag zur Mitgliedschaft in einer *Frente Misógino de Liberación Machista* unterschrieben, einer sogenannten Befreiungsfront ›frauenfeindlicher Machos‹, obwohl sich die Sache dann im Sande verlief.

Marilyn dagegen ist immer noch empört. Sie kennt schließlich ihre Rechte als Puppe und will sich auf keinen Fall von einem dahergelaufenen Kretin herumkommandieren lassen. Während sich also Basilio den Kopf darüber zerbricht, wie seine nächste Puppe sein könnte – auf jeden Fall weniger arrogant –, sinnt sie immer noch den Verästelungen nach, die sich um die Themen verdeckter Chauvinismus, versteckte Gewalt und versteckter Missbrauch ranken, alles Dinge, mit denen die Männer Frauen belästigen, ohne sich dabei notwendigerweise die Hände schmutzig zu machen. Der Spezialist in Sachen männliche Eigenschaften hat wirklich gute Arbeit geleistet.

Nur weil sie eine Puppe ist, muss sie doch nicht ihr Leben lang diesen Schwachkopf aushalten, denkt Marilyn, ohne das Staubsaugerrohr loszulassen.

Von den ernsten Problemen, mit denen in diesem Moment ihr Geliebter zu kämpfen hat, der sich in eine flaue Luftmatratze verwandelt hat, ahnt sie nichts.

90

5

Lupercia trinkt aus der Flasche, ohne den Blick von der
Tür des Kleiderschranks zu wenden. Ihr Gewissen hat sich
noch nicht beruhigt. Vor mehr als zehn Minuten hat sie
mit dem Dolch Big John in den Rücken gestochen, aber
sie hört immer noch das grausame leise Pfeifen, mit dem
die Luft aus dem Körper ihres Liebhabers entweicht.
»Er ist selber schuld«, wiederholt sie ein ums andere
Mal. Mit drei, vier Schlucken trinkt sie den Rest in der
Schnapsflasche aus, lässt sich, Gesicht nach oben, auf das
Bett fallen und ist einen Augenblick später tief eingeschla-
fen. Eine halbe Stunde später fährt sie hoch, weil sie gehört zu haben meint, dass Big John um Hilfe ruft.
Im Kleiderschrank aber herrscht Totenstille. Es war nur
der Schnaps, der ihr einen Streich gespielt hat. John ist
jetzt im Himmel der toten Puppen, eine jämmerlich
schlaffe Luftmatratze, ein leeres Schlauchboot. Schon
wahr, sein großer Schwanz ragt immer noch steil empor,
wie eine siegreiche Fahne, die einst irgendjemand auf dem
Gipfel der Anhöhe aufgepflanzt hat, die aber jetzt nur
noch dazu dient, den Vorübereilenden an ein für alle Mal
geschlagene und niemals wiederkehrende Schlachten zu
erinnern.
Und wenn ich einfach versuche, ihn wieder aufzubla-
sen?, fragt sich die Frau einen Moment lang, in einem
plötzlichen Anfall von Sehnsucht danach, ihm das Leben
zurückzugeben.
Es würde ihr keine große Mühe machen, die Wunde
mit einem Pflaster zuzukleben und ihm die Fahrradpumpe in den Arsch zu stecken, dorthin, wo sie Big John zu
Lebzeiten aufgeblasen haben. In fünf Minuten wäre er

wieder der Alte, bereit zu den schlimmsten Exzessen; sie könnte ihn wieder zum Leben erwecken und ein bisschen dicker als früher machen.

Vom Fernseher her – den Basilio in diesem Moment wieder angeschaltet hat – dringen volkstümliche Klänge, mit denen der Tittenwettbewerb angekündigt wird, und es ertönt Beifall aus dem Publikum, wo bereits die ersten Wetten geschlossen werden.

Aber lohnt sich denn die Mühe, so fragt sich Lupercia, für jemanden, der das alles gar nicht verdient? Sollte ich nicht lieber ein für alle Mal alle vergebliche Liebe zu Grabe tragen? Kann ich jemandem ohne Weiteres verzeihen, der mich mit einer widerwärtigen Silikonschlampe betrogen hat? Wird er mich nicht bei nächstbester Gelegenheit wieder verraten?

So funktioniert Eifersucht. Lupercia findet es völlig normal, eine der raffiniertesten Puppen, die der Markt zu bieten hat, die sogar die berühmte Seguidilla aus *Carmen* in einem herrlichen Mezzosopran singen kann, eine Schlampe zu nennen.

Nicht einmal in betrunkenem Zustand mag sie Big John seine Untreue verzeihen, obwohl zu vermuten ist, dass allmählich, mit dem Ablauf der Minuten, ihr Zorn verraucht sein wird. Sie stemmt die Hände in die Hüften, reckt das Kinn und betrachtet ihren Körper im großen Spiegel in der Kleiderschranktür. Nein, eine *femme fatale* ist sie nicht, das hat sie schon mehrmals zugegeben, aber niemand kann bestreiten, dass sie sich besser gehalten hat als die meisten Frauen in ihrem Alter. Was sie stört, sind einzig und allein, außer ein paar Jährchen zu viel, die Barthaare, die ihr die Oberlippe ein bisschen zu sehr verdunkeln.

Eines Tages wirst du den perfekten Haarentferner finden, macht sie sich selber Mut.

Mit den Händen drückt sie ihre Titten nach oben und lächelt ausgiebig in den Spiegel. Es sei allerdings nochmals darauf hingewiesen, dass es sich dabei gewissermaßen um einen domestizierten Spiegel handelt, der ihr bereits seit Jahren zu Diensten ist und sich darauf beschränkt, das von ihr gewünschte Ebenbild wiederzugeben, und nicht um einen jener grausamen Spiegel, denen wir uns unversehens, zum Beispiel in Aufzügen, gegenübersehen.

Und so entscheidet sie sich, wie Basilio, dass sie einen neuen Silikonliebhaber verdient hat, aber seine Treue muss ihr dieses Mal der Geschäftsführer des Sex-Shops schriftlich garantieren.

6

Im Inneren des Kleiderschranks sieht man die Hand vor Augen nicht, und Marilyn fürchtet sich allmählich doch ziemlich in dieser Finsternis, weshalb sie einmal mehr ihre Zuflucht bei der Geschichte vom türkischen Poeten und der Leopardin sucht.

»Dieser Irrsinnige fand nichts dabei, vor den Augen aller Gäste mit einer Leopardin zu vögeln«, erinnert sie sich.

Die lustige Fabel hat ihr – wie bei allen Genossinnen ihres Jahrgangs – ein auf Zoophilie und Zoophobie spezialisierter Japaner auf die Festplatte programmiert, mit dem Ziel, die Puppen während ihrer schwierigsten Momente zu unterhalten, abzulenken und sie moralisch wieder aufzurichten.

»Hör mal, meine Liebe, was du mir da erzählst, ist eigentlich kaum zu glauben«, redet Marilyn mit sich selbst und spielt den *advocatus diaboli*, »mit Leopardinnen spielt man nicht, die sind doch viel zu gefährlich.«

93

»Wahrscheinlich haben sie ihr mit vereinten Kräften die Pfoten gefesselt und sie auf den Rücken gelegt, damit sie der Türke ohne Risiko flachlegen konnte«, gibt sie sich selbst eine Erklärung.

»›In der Scheißfotze war es mindestens fünfhundert Grad heiß‹, prahlte der Türke nachher vor seinen Spießgesellen, den großen Helden spielend. ›Für einen Moment habe ich geglaubt, ich könnte meinen Schwengel nur noch als verkohltes Etwas wieder rausziehen.‹«

»Das versteh ich auch nicht so richtig«, unterhält sich Marilyn wieder mit sich selbst. »Woher will denn dieser türkische Dichter wissen, dass man hierzulande einen großen Schwanz bisweilen auch mal einen Schwengel nennt?«

»Vielleicht hat er längere Zeit unter uns gelebt«, kommt auf der Stelle die Antwort. Ihrer Meinung nach sind solche Wörter immer die ersten, die man von einer fremden Sprache lernt.

7

Basilio entscheidet sich am Ende für eine Puppe aus dem Niedrigpreissegment, die als Krankenschwester gekleidet ist. Er will nicht noch einmal eine mit allen technologischen Finessen ausgestattete Marilyn, die ihm bei erstbester Gelegenheit ein paar gewaltige Hörner aufsetzt.

Zu dumm nur, muss er zugeben, den Katalog noch in den Händen, dass Billigpuppen platzen können, wenn man es am wenigsten erwartet.

Gemeint ist das Risiko, dass Puppen schlechter Qualität – will sagen, die auf dem flachen Lande fabrizierten – in den Armen ihrer Liebhaber explodieren können, weil sie das Geschaukel und Geschiebe, während sie durchgenommen werden, nicht aushalten.

Das ist ein Risiko, mit dem er leben muss. Aber egal, morgen früh wird er in den Sex-Shop gehen, wo Lupercia ihren Big John gekauft hat, und seine Bestellung persönlich abgeben.

Die Königin ist tot. Es lebe die Königin!, denkt er. Ein passendes Zitat, wie er findet, obwohl er seit fernen Kindertagen, als sie ihn mit den Heiligen Drei Königen hinters Licht geführt haben, wenig Sympathie für die Monarchie empfindet. Wie es also aussieht, wird sich morgen um dieselbe Zeit die neue Puppe in seinem Schrank befinden, an jenem Platz, der bisher Marilyn vorbehalten war.

Unterdessen geht der Tittenwettbewerb weiter.

»Sie wissen ja, Silikontitten sind bei diesem Wettbewerb nicht zugelassen«, erinnert der Mann, der durchs Programm führt.

Die Standuhr im Wohnzimmer schlägt acht. Der Wettbewerb geht ohne besondere Vorkommnisse zu Ende, und es beginnt eine Sendung für ultrahocherhitzte Großväter. Sie ist Männern über fünfundsiebzig vorbehalten, und den Preis erhält jener Greis, der, wenn auch nur in Worten, die größte Hingabe an das andere Geschlecht unter Beweis stellen kann.

Der rote Vorhang geht auf, und auf einem grünen Sessel sieht man einen Opa mit geblümtem Schlips, blonder Perücke und Krückstock mit vergoldetem Griff. Das Publikum empfängt ihn mit einem Beifallssturm, der kleine dicke Showmaster fragt ihn nach seinem Namen, und der Alte antwortet, er heiße Hilarión, aber ehe er seinen Nachnamen hinzufügen und seine Steuernummer angeben

kann, muss er schrecklich husten und in seinem Brust-
korb kracht es, als ob man geröstete Kastanien knackt.

»Ich sehe schon, Sie dürfen sich nicht mehr zu sehr
aufregen«, bedauert der Showmaster, »aber wir alle wissen:
Wenn das Mädel jung und hübsch ist und mit ihren Rei-
zen prahlen kann, schafft sie es vielleicht, auch noch in
den verbrauchtesten Körperhüllen jenes Wunder zuwege
zu bringen, das man die Auferstehung des Fleisches nennt.
Also hören wir uns mal an, was Sie uns zu erzählen haben.«

»Hahaha«, lacht das Publikum.

»Uns liegen Informationen vor«, fährt der Showmaster
fort und konsultiert die Zettel, die er in der Hand hält,
»denen zufolge Sie vor noch nicht allzu langer Zeit eine
jener jungen Frauen kannten, die als Versuchung des Alters bekannt sind. Also, mal sehen, was Sie uns dazu zu
sagen haben.«

Der Greis antwortet, bis vor einer Woche erst habe ihm
eine der Aufseherinnen im Altersheim, in dem er seit sechs
Jahren wohnt, Avancen gemacht. Wie mir scheint, Señori-
ta, habe er schließlich letzte Woche zu ihr gesagt, sind Sie
eine jener jungen Frauen, die eine Schwäche für uns Männer hat, die wir bereits eine gewisse Altersschwelle überschritten haben.

»Diese Sorte Mädels gibt es allerdings«, unterbricht ihn
der Showmaster, um dem Publikum zu zeigen, dass er sich
auskennt. »Gerontophilie ist weiter verbreitet, als die Leute meinen. Einige Psychoanalytiker sind der Meinung,
dass es sich dabei um eine Form der Homosexualität handelt, andere wiederum bringen sie mit dem Ödipuskom-
lex in Verbindung.«

»Mehr oder weniger das habe ich auch zu ihr gesagt«,
schwindelt Don Hilarión, der bis heute Abend noch nie

von einem Ödipuskomplex gehört hat. »Aber sie hat mir das Wort abgeschnitten, als ich das Ganze vertiefen wollte. ›Hören Sie auf mit dem Gefasel, mein Herr‹, unterbrach sie mich mit einem raschen Blick zwischen meine Beine. ›Machen Sie es sich nicht unnötig kompliziert. Tatsache ist, dass sich mir bisher ausnahmslos jeder Greis zu Füßen geworfen hat, um meine Reize auf die Probe zu stellen. Und wenn ich nun imstande wäre, ihm seine verlorenen Kräfte zurückzugeben?, so fragte ich mich schon am ersten Tag, als ich den betreffenden Senior seine Suppe schlürfen sah.‹«

»Hahaha«, lacht das Publikum.

»Erzählen Sie, was dann geschah, und vergessen Sie nicht, dass wir alle hier sind, um Ihnen zuzuhören.«

»›Nehmen Sie mich, ich flehe Sie an‹, bettelte ich ohne Umschweife. Aber das Mädel sagte, wir sollten uns irgendwo anders, nicht hier im Altersheim treffen, und zwar gleich am nächsten Tag, einem Freitag, dem Tag, der der Liebe geweiht ist. ›Von jetzt an‹, so versprach sie, ›werde ich jeden Freitag im Königin-Elisenda-Park am Stadtrand auf Sie warten.‹«

Wieder klatschen hie und da ein paar Leute.

»Dummerweise«, fährt der Alte fort, »entließ der Chef des Altersheims die junge Frau noch am selben Nachmittag wegen obszönen Betragens. Außerdem dämmerte mir, dass der Königin-Elisenda-Park der größte weit und breit im ganzen Land ist und sich zwei Personen wahrscheinlich nur unter größten Schwierigkeiten zufällig in einem Waldgebiet begegnen, das sich über fünf Hektar erstreckt.«

»Hahaha«, lacht das Publikum.

»Allerdings habe ich noch nie klein beigegeben, wenn die Liebe im Spiel war«, fährt Don Hilarión mit seinen

Erklärungen fort. »Also fuhr ich von da an jeden Freitag von früh an mit meinem motorisierten Fahrrad im ganzen Park herum, überzeugt davon, dass mich die junge Frau an einer Wegkreuzung erwartete, eine Blume in der Hand.«

»Ein zusammenklappbares Fahrrad, ja, das Modell kenne ich«, sagt der Showmaster, »bestens geeignet, um es im Kofferraum mitzunehmen, und mit einer Lithiumbatterie ausgerüstet, die zwei Stunden lang für Energie sorgt. Aber meinen Sie im Ernst, dass zwei Stunden ausreichen, um sämtliche Wege und Pfade eines fünf Hektar großen Parks abzufahren?«

»Die Seele fliegt auf den Schwingen ihrer Illusionen wie der Vogel auf seinen Flügeln«, antwortet der Greis.

Das schöne Zitat hat er vorher extra auswendig gelernt, und jetzt ist der Moment, es loszulassen. Die Leute applaudieren stürmisch.

»Sind Sie denn gar nicht auf die Idee gekommen, dass die Frau Ihnen einen Streich spielen könnte?«, fragt ein Vorwitziger aus dem Publikum, ehe ihm jemand den Mund zuhalten kann.

»Ich bin mir sicher, eines Freitags werden wir uns am Ende begegnen, früher oder später«, fährt Don Hilarión fort. »Einfach wunderbar: Ich steige vom Rad, werfe mich ihr zu Füßen und schwöre ihr ewige Liebe.«

»Bravo!«, schreit das Publikum.

»Und wer weiß«, so schließt er mit bebender Stimme, »vielleicht muss sie mir noch nicht mal das Gebiss rausnehmen, wenn der Moment gekommen ist, meinem Übermut freien Lauf zu lassen.«

»Hahaha«, lacht das Publikum.

Allzu viele Punkte bekommt er aber nicht. Gerade mal fünfzehn. Hilarión wird rechterhand hinauskomplimentiert. Er will noch etwas sagen, darf aber nicht. Der Showmaster, den Blick immer auf die Kamera, zuckt mit den Schultern.

»Der Nächste bitte«, sagt er.

Und wieder brechen die Leute in Beifallsstürme aus.

Lupercia betritt schwankend das Wohnzimmer und lässt sich neben Basilio auf das Sofa fallen. Der Schnaps zirkuliert träge in ihren Adern. Sie sitzt da, starrt in den Fernseher, aber es ist ihr vollkommen egal, was dort geschieht. Der Greis, der Don Hilarión abgelöst hat, macht den Eindruck, als sei er dem Jenseits bereits ziemlich nahe, er gibt an, er habe schon während der Afrikakriege gegen Abdelkerim gekämpft, behauptet aber, er kriege noch immer einen hoch wie zu seinen besten Zeiten. Jetzt zeigen sie ihn in Nahaufnahme, und das Fernsehpublikum kann sich davon überzeugen, dass er nur noch drei, vier Zähne hat. Die Zuschauer lachen, und der Alte zeigt ihnen herausfordernd sein Zahnfleisch. Lupercias Blick unterdessen schweift in weite Fernen und verliert sich im Unendlichen. Kann sein, dass sie in diesem Augenblick Dinge sieht, die sich vor langer Zeit ereignet haben, als sie noch an die Liebe glaubte. Sie atmet hörbar durch die Nase ein, reißt sich zusammen und fragt Basilio, ob sie ihm irgendetwas zum Abendessen kochen soll.

»Oh, mach dir bitte keine unnötige Mühe«, antwortet Basilio.

Es ist über ein Jahr her, seit Lupercia ihrem Mann das letzte Mal ein Abendessen gemacht hat, und ebenso lange ist es her, dass Basilio seiner Frau zum letzten Mal auf so freundliche Weise geantwortet hat. Beide mussten am eigenen Leibe den Spott ihrer jeweiligen Gummipuppen erdulden, damit wenigstens ein paar der alten Formeln

99

des Zusammenlebens und der Höflichkeit wieder zu ihrer angestammten Geltung kommen konnten, die, egal ob sie sich leiden können oder nicht, auch unter Paaren üblich sind.

8

Eine halbe Stunde später sitzen sie in der Küche beim Abendessen (es gibt Spiegeleier mit scharfer Paprikawurst), und Lupercia gesteht ihren Entschluss, Big John durch eine andere Puppe zu ersetzen – vielleicht ein Matrose von der Kriegsmarine –, während Basilio seinerseits der Frau mitteilt, gleich morgen wolle er Marilyn gegen eine als Krankenschwester verkleidete Puppe austauschen.

»Hand aufs Herz und heraus mit der Wahrheit«, fragt er dann, ohne sich zu trauen, ihr offen in die Augen zu blicken, »findest du immer noch, dass meiner zu kurz ist?«

»Naja, groß ist er wirklich nicht gerade«, antwortet Lupercia, »was soll man da viele Worte machen ...«

Sie denkt also nach all den Monaten immer noch an das Gleiche.

Mit welchem Schwanz vergleicht sie ihn bloß?, fragt er sich.

Aber es hat keinen Sinn, drum herumzureden. Wahrscheinlich weiß Lupercia schon längst, wie groß ein normaler Schwanz auszusehen hat. Um entsprechenden Täuschungen entgegenzuarbeiten, hat der für Kultur und Wohlfahrt zuständige Stadtrat beim Bürgermeisteramt erst neulich Hunderttausende Flugblätter in der Stadt verteilen lassen, auf denen die Bürger über diesen wichtigen Punkt instruiert werden. Besser nicht weiter bohren.

Mann und Frau schweigen, jeder in Gedanken bei seinen eigenen Problemen. Lupercia hat vergessen, die Spiegeleier zu salzen, aber Basilio beschwert sich nicht. Zu viel Salz bekommt Hypertonikern nicht, denkt er, während die Uhr neun schlägt.

Die Zeit vergeht wie im Fluge. Vor zehn Minuten ist die Quizshow für erhitzte Greise zu Ende gegangen, in fünf Minuten schalten sie hinüber ins Stadion, um im ganzen Land – will sagen, in sämtlichen fünfunddreißig Autonomieregionen – das Spiel des Jahrhunderts zu übertragen. Wahrscheinlich sitzt die halbe Stadt auf den Tribünen. Nach dem Spiel geht es weiter mit Krawallen in der Stadt, und dem einen oder anderen dürfte wieder mal der Schädel eingeschlagen werden. Die Krankenwagen lassen bereits die Motoren warmlaufen, und bei den Einsatzgruppen wienern sie schon ihre Schlagstöcke.

»Wenn du es genau wissen willst«, sagt Lupercia, »es war mir im Grunde nie besonders wichtig, dass du einen kleinen hast.«

»Ich fürchte, für Reuebekenntnisse ist es zu spät«, murmelt Basilio.

Da ist Lupercia anderer Meinung. Kein Laster ist so groß, als dass es nicht durch Reue aus der Welt geschafft werden könnte. Der Schnaps hat ihr Herz erweicht, und fast sieht es so aus, als sollte sie die erste Träne vergießen. Nicht einmal an den Marinematrosen verschwendet sie in diesem Augenblick einen Gedanken.

»Und wenn wir heute Nacht miteinander ins Bett gingen?«, fragt sie mit kaum hörbarer Stimme. »Wenn wir es einfach noch einmal versuchen?«

»Was ich an Spiegeleiern immer besonders mag«, sagt Basilio, um vom Thema abzulenken, »ist die Farbe. Das strahlende Eiweiß drum herum und mittendrin das Eigelb. Mehr oder weniger wie die Farben des Vatikans.«

»Nur heute Nacht«, flötet Lupercia, »wie in den alten Zeiten.«

Basilio hat keinen Schnaps getrunken und sieht keinen Anlass für falsche Hoffnungen.

»Die Natur hat schon immer alles bestens geregelt«, bemerkt er, während er mit der Messerspitze Eigelb und Eiweiß voneinander trennt.

Lupercia drängt nicht weiter. Bestimmt wird sie sich morgen für diesen Moment der Schwäche schämen. Sie trinkt ihr Schnapsglas aus und geht zurück in ihr Zimmer. Im Schrankspiegel betrachtet sie sich, aber dieses Mal gefällt sie sich nicht so gut.

FÜNFTE LIEFERUNG

Es führt kein Weg drum herum: Dieser Roman verspricht auf eine Weise zu missraten, dass Ramón davon, wenn er ihn denn zu Ende bringt, innerhalb von Tagen hunderttausend Stück verkaufen dürfte. Ich werde meine Zeit nicht damit verschwenden, die Schwachpunkte der vierten Lieferung aufzuzählen, aber festhalten möchte ich doch, dass das, was ich bis jetzt gelesen habe, abgesehen von seiner Eigenschaft als erotischer Roman, ein miserabler Science-Fiction-Roman zu werden droht, in dem ein paar unmögliche Kreaturen die Rolle der Protagonisten übernehmen. Noch vor einem Augenblick wollte ich Ramón sogar anrufen und ihm raten, er solle sein literarisches Vorhaben am besten vergessen und sich irgendeiner Arbeit widmen, die nichts mit Literatur zu tun hat, sich zum Beispiel als Hämorrhoiden-Detektor im Militärkrankenhaus von M. versuchen, angeblich der Beruf, den von Gesetzes wegen all jene drittklassigen Literaten ausüben sollten, von denen es so viele bei uns gibt.

Einige Fragen aber habe ich mir doch gestellt:

Erste Frage:
Was interessiert es die Menschheit – bei allen Problemen, von denen sie bedrängt wird –, ob der gute Ramón seine literarische Missgeburt zu einem Ende bringt oder nicht?

Zweite Frage:
Was kratzt es das Universum, wenn dieser Mensch – dem man im Übrigen einige schätzenswerte Tugenden keineswegs absprechen kann – die Überzeugung mit ins Grab nimmt, diese verfluchte Welt habe sein Talent gar nicht verdient?

Dritte Frage:
Was, wenn Ramón unseren Rat beherzigte und sich bei der Sozialversicherung als Hämorrhoiden-Detektor bewürbe? Was, wenn er, um seine schriftstellerischen Frustrationen zu bewältigen, fortan seinen Patienten analen Geschlechtsverkehr als Heilmittel verschriebe, unter dem Vorwand, das stärke die Muskeln in jener Gegend des Körpers?

Aber gestatten wir unserem guten Mann lieber nicht die Befriedigung, uns dazu zu bringen, es uns gegenseitig an jenem Ort, geheiligt sei sein Name, zu besorgen, vor allem, weil es nicht das ist, was uns gefällt, und verdient haben wir es auch nicht. Soll er doch weiter schreiben, was er will, bis ihm selbst dämmert, dass es keinen Sinn hat.

1

Mal sehen, beginnt Ramón seine fünfte und letzte Lieferung, Basilio sitzt jetzt in der Küche und Lupercia in ihrem Zimmer, Marilyn hockt weiterhin eingesperrt in ihrem Schrank, in wachsender Panik vor der Dunkelheit,
und Big John, der nicht einmal mehr als Schlauchboot
etwas taugt, liegt in seinem.

Ich sagte im vorherigen Kapitel – erinnert er sich
selbst –, dass die Finsternis in Marilyns Schrank allmählich ihre Moral untergräbt. Die meisten Sorgen aber
macht der Puppe nicht die Finsternis, sondern die Tatsache, dass ihr Big John immer noch nicht zu Hilfe eilt.
»Irgendetwas ist ihm zugestoßen«, sagt sie zu sich.

Und um sich über ihre heikle Lage hinwegzutrösten,
erzählt sie sich noch einmal, zum inzwischen dritten Mal,
das Erwachsenenmärchen von der vergewaltigten Leopardin. Sie erinnert sich, dass das arme Tier dem Türken
ein paar Tage später, als er sie sich schon wieder vorneh-
men wollte, fast den Schwanz ausgerissen hätte, um ihr
Recht auf freie Entscheidung zu verteidigen. Ihrem Herr-
chen dämmerte es daraufhin, es sei vielleicht klüger, das
Tier den städtischen Behörden zu übergeben, damit sie es
im Zoo einsperrten.

»Ich habe gehört, dass es im Zoo merkwürdige Dinge
zu sehen gibt«, sagt sie mit veränderter Stimme zur anderen Marilyn.»Zum Beispiel kann man den Affen beim

Pinkeln zuschauen. Aber sag: Was hat der Türke ohne Leopardin gemacht?«

»Jeden Sonntag hat er sie besucht, einen Blumenstrauß in der Hand«, antwortet sie sich selbst. »Er blieb vor dem Käfig stehen und schwor ihr ewige Liebe, aber das undankbare Tier erkannte ihn gar nicht.«

»Ich verstehe nicht ganz, warum du sie undankbar nennst.«

»Immerhin war der Türke der erste Mann in ihrem Leben«, antwortet Marilyn sich selbst. »Kann doch sein, dass der Kerl, mag er auch noch so untreu sein, so viel Undankbarkeit nicht verdiente.«

»Ich verstehe einfach nicht, wie er einer Leopardin ewige Liebe versprechen kann. Wie soll man das nennen? Zoophilie? Zoopathie?«

Marilyn hat sich die Geschichte schon häufig erzählt, aber die Antwort ist ihr immer noch nicht eingefallen. Sie schweigt, und plötzlich meint sie Big John fröhlich pfeifend vom anderen Ende des Flures her zu hören.

»Endlich«, flüstert sie.

Sie presst das Ohr an die Tür, aber Big John lässt keine weiteren Lebenszeichen von sich vernehmen. Kein Pfeifen. Ihre eigenen Sinne haben ihr einen Streich gespielt.

2

Vor einer halben Stunde hat die Übertragung des Fußballspiels angefangen, aber Basilio bleibt in der Küche sitzen. Er mag den Fernseher nicht anstellen und spart sich lieber den Ärger, die eigene Mannschaft verlieren zu sehen.

Es ist jetzt halb elf, und fünf Minuten später steigt die erste Rakete in den Himmel. Der Nachbar aus dem fünften Stock hat sie von seinem Balkon abgeschossen, um den übrigen Nachbarn auf den Sack zu gehen. Die Rakete zeigt an, dass die Gastmannschaft gerade ein Tor geschossen hat. Das fängt ja gut an. Als fünf Minuten später die nächste Rakete knallt, reift bei Basilio der Entschluss, angesichts der Umstände am besten das Bett aufzusuchen, sich die Decke über die Ohren zu ziehen und sich vor dem Einschlafen ausführlich die Gurke zu würgen.

Und schon geht er in sein Zimmer und wirft sich mit einem Kopfsprung aufs Bett.

Die zwei Tore müssen irgendwie verscheucht werden, sagt er sich.

Marilyn aber hat inzwischen den Entschluss gefasst, Basilio zu beweisen, dass ihr Durchhaltevermögen immer noch intakt ist, und so verwandelt sie sich ein weiteres Mal in die heldenhafte Brünnhilde aus der *Götterdämmerung*:

Welches Unholds List liegt hier verhohlen?
Welches Zaubrers Rat regte dies auf?

Ihre Schaltkreise funktionieren jetzt schon perfekt. Kein Grund, bis zum nächsten Frühjahr zu warten, wie ursprünglich vorgesehen.

Welches Zaubrers Rat regte dies auf?

Während dieser letzten Minuten ist sie auf eine Weise menschlich geworden, dass ihr nun auch die Ausdünstungen der Mottenkugeln zu schaffen machen. Auch wenn sich in nächster Zeit die ersten Anzeichen für Durchfall bemerkbar machten, dürfte sie sich nicht wundern. Warum er so viele Mottenkugeln in den Schrank gelegt hat, wo er doch nur den Staubsauger und eine alte Luftpumpe aufbewahrt, bleibt Basilios Geheimnis.

Wo ist nun mein Wissen gegen dies Wirrsal?

»Du kannst singen, solange du willst«, knurrt Basilio und streckt den Kopf unter der Bettdecke hervor. »Morgen musst du raus aus diesem Schrank und sehen, wie du zurechtkommst.«

Draußen knallt eine dritte Rakete, aber das ist für ihn kein Grund, die Hand vom Stiel zu nehmen.

Die Krankenschwester muss sich halt mit meinen acht Zentimetern begnügen.

3

Am anderen Ende der Wohnung beschließt auch Lupercia, ins Bett zu gehen, obwohl sie jetzt schon weiß, dass sie nicht ohne Weiteres Schlaf finden dürfte. Wieder kommen ihr Gewissensbisse.

Warum nur habe ich ihn getötet?, fragt sie sich.

Es ist die große Frage, die sich alle möglichen Personen stellen können, Frauen wie Männer. Warum töten wir, was wir am meisten lieben und, in einigen Fällen, auch am meisten brauchen? Was ist das nur für ein merkwürdig selbstzerstörerischer Instinkt? Für welche geheimnisvollen Sünden wollen wir uns auf diese Weise züchtigen?

Der Nachbar schießt die vierte Rakete ab. Eine Torflut von schon skandalösen Ausmaßen. Morgen werden die Zeitungen voll sein von der Demütigung eines ganzen Landes, an der ein paar Fußballer die Schuld tragen, die ihren Einsatz nicht wert sind.

Big John, grübelt Lupercia weiter, einen Kloß im Hals, betrog mich mit einer Puppe, und das finde ich ein starkes Stück, aber ist es nicht genau das, was alle Ehemänner machen, ohne dass ihre Frauen aus Fleisch und Blut sie dafür auf die Straße setzen, vorausgesetzt, sie haben etwas gemerkt? Ist das denn nicht viel schlimmer? Wäre es nicht besser, diese Schweinehunde betrögen uns mit einer Gummipuppe anstatt mit einer echten Frau?

Ihren Überlegungen kann niemand ernsthaft widersprechen. Puppen, egal wie raffiniert sie auch sein mögen, sind nicht dazu programmiert, sich über gedemütigte Ehefrauen lustig zu machen, und auch nicht dazu, ihre Geliebten zu erpressen, ihre Ehe zu zerstören und am Ende auch noch eine Millionensumme als Entschädigung einzuklagen. Sie beschränken sich darauf, ihren Pflichten nachzukommen, Punktum.

Warum habe ich ihn getötet?, fragt sie sich noch einmal.

Sie springt aus dem Bett, öffnet den Schrank, fällt auf die Knie vor dem, was von Big John noch übrig ist, und verströmt trostlose Tränen. Im fünften Stock, wo es der Nachbar mit Dramen ganz anderer Art zu tun hat, wird unterdessen die fünfte Rakete gezündet, während die Leute tief enttäuscht aus dem Stadion strömen.

4

Montag, sieben Uhr morgens. Es regnet nicht, aber der Himmel ist bewölkt. Lupercia und Basilio stehen praktisch in der gleichen Sekunde auf, schließen sich in ihren Badezimmern ein – wir erinnern uns, es gibt zwei, eines an jedem Ende des Gangs – und treffen eine halbe Stunde später in der Küche aufeinander. Sie wünschen sich einen guten Morgen, ohne sich anzuschauen, und teilen sich den Kaffee in der Kaffeekanne.

Der Montag ist der schlimmste Tag der Woche, aber auch er will gelebt sein. Der heutige Morgen begrüßt die Frühaufsteher mit einem Straßenbahnerstreik. Um acht verlassen Lupercia und Basilio das Haus und gehen bis zur Bushaltestelle. Der Wäscheladen liegt zwar nur zweihundert Meter die Straße hinunter, aber so früh am Morgen haben sie noch keine Lust zu laufen. Sie gehen Seite an Seite, aber nicht im Gleichschritt, und sie reden auch nicht miteinander. Punkt halb neun schieben sie das Eisengitter vor dem Laden nach oben. Sie versprühen im Ladeninneren ein Duftspray, das nach Lavendel riecht, und ordnen das Schaufenster. Wo letzte Woche die Tangas baumelten, hängen ab heute die Strumpfbandhalter und so weiter.

Weihnachten ist erst in einem Monat, aber weil sie schneller sein wollen als die anderen Läden im Viertel, stellen sie schon jetzt den Papphimmel mit dem Bethlehemsstern auf, den sie schon letztes Jahr benutzt haben.

5

Um Punkt zehn lässt Basilio Lupercia im Laden allein und läuft zum Sex-Shop, bekanntlich der gleiche Laden, in dem Lupercia Big John gekauft hat.

Der Angestellte heißt Oswaldo K., ein Mann mit halb gieriger, halb sehnsüchtiger Miene, die eher zu einem Vampir als zu einem Angestellten in einem Einzelhandelsgeschäft passen würde. Er arbeitet seit dem Ende seiner Militärzeit im Sex-Shop, hält sich für einen ausgemachten

Profi und ist nicht ohne Ehrgeiz. Sein Traum ist es, eines Tages über eine Kette von Sexläden zu herrschen, die sich über das ganze Land erstreckt. Zu dumm nur, dass ihn heute Morgen ein Gerstenkorn im rechten Auge zwickt, weshalb er schlechte Laune hat.

»Ich bin auf der Suche nach einer Krankenschwestern-Puppe, die keine Nähte hat und auch nicht sprechen kann«, erklärt Basilio.

»Welche Farbe sollen die Augen haben? Blau? Schwarz?«

Basilio zuckt mit den Schultern. Welche Farbe die Augen der Frauen haben, hat ihn noch nie interessiert. Er will nur, dass sie nicht zu schlau ist und dass Ehrlichkeit und Treue schriftlich garantiert sind.

»Haha«, lacht Oswaldo und vergisst für einen Moment sein Gerstenkorn. »Unmöglich. Sie können das in der ganzen Stadt probieren: Kein Sex-Shop wird sich zu so etwas verpflichten.«

»Am allerwenigsten interessiert mich, ob sie Latein spricht und Opernarien singen kann«, beharrt Basilio. »Sie verstehen schon, viel Gerede, viel Gesinge, und nachher lassen sie einen bei der erstbesten Gelegenheit sitzen. Es ist doch so: Was nützt mir eine dieser Schlunzen, wenn sie mir auf Lateinisch erzählt, die Freiheit sei ein unschätzbares Gut, oder wenn sie mir die Seguidilla aus *Carmen* vorsingt, nur um mit dem Ersten, der ihr schöne Augen macht, durchzubrennen.«

»Ich weiß genau, welches Modell Sie meinen«, sagt Oswaldo und wiegt mit dem Kopf, »Typ HP-457. Die ganze Generation ist reichlich versaut vom Band gelaufen.«

Marilyn macht sich große Sorgen. Sie versteht einfach nicht, warum Big John die ganze Zeit über kein Lebenszeichen von sich gegeben hat. Außerdem haben ihr Basilios letzte Worte Angst eingejagt.

Was hat er gemeint, als er zu ihr sagte, morgen (also heute, Montag), müsse sie den Schrank verlassen und sehen, wie sie zurechtkommt?

Ich glaube, der Kerl überlegt, mich zu ersetzen, kommt ihr ein Verdacht.

So sind sie, die Männer. Die Liebe ist wie der Wind, der vorüberweht. Am Abend schwören sie dir ewige Liebe, und am Morgen danach stehen sie schlechtgelaunt auf und schicken dich zum Teufel.

Auch Marilyn erinnert sich, dass Basilio ihr ewige Liebe schwor, kaum dass er sie aus der Verpackung befreit und sie mit breiten Beinen aufs Bett gelegt hatte.

Hat er wirklich einen Grund, sie so zu behandeln?, fragt sie sich. Bin ich allen Ernstes schuld daran, Big John verfrühstückt zu haben? Big ist mir vor die Flinte gelaufen, und ich brauchte nur noch den Abzug zu betätigen. Sollte irgendwo auf dieser Welt eine Puppe existieren, die sich die Gelegenheit entgehen ließe, das prachtvolle Gemächt eines rassigen Artverwandten aus der Nähe kennenzulernen?

Verantwortung hin oder her, fest steht, dass sich sämtliche Schaltkreise in ihrem Inneren der Möglichkeit widersetzen, ihre Tage in dieser Rumpelkammer zu beschließen, zumal jetzt, nachdem sie entdeckt hat, was wahre Liebe ist. Tod? Nie und nimmermehr!

Aber was ist mit Big John? Muss auch er, wenn er stirbt, der Liebe zu einer Puppe entsagen?

Möglich, dass das Schicksal, ungeachtet der Entfernung, für sie und ihren Silikonliebhaber einen Platz an der Seite der Liebenden von Verona bereithält, Version Kautschuk mit Silikonüberzug.

Welche Lösung hätte sich der famose Cervantes für uns ausgedacht?, fragt sie sich.

Ein selbst für einen Techniker unverzeihlicher Irrtum ist dem Programmierer da unterlaufen, als er auf der Festplatte anstelle von Shakespeare den Namen Cervantes als Autor von Romeo und Julia einprogrammierte. Vielleicht, weil beiden Schriftstellern das gleiche Todesdatum zugeschrieben wird?

Welche Puppe hätte je einen wie Big John abgewiesen?, verteidigt sie sich noch einmal.

Basilio und Lupercia werden erst in fünf bis sechs Stunden wieder nach Hause kommen. Ihr bleibt also noch der ganze Vormittag, um herauszufinden, wie sie aus dem Kleiderschrank entkommen und sich am anderen Ende der Wohnung mit Big John wiedervereinigen kann. Haben sie sich erst einmal wiedergefunden, so können sie immer noch entscheiden, was weiter geschehen soll. Sie weiß, dass es nicht leicht sein wird: Den Weg in die Freiheit zu finden, ist schon für Menschen keine leichte Aufgabe, um wie viel schwieriger aber dürfte sie jenen unglückseligen Kreaturen aus Silikon fallen, die alle Welt bestenfalls von oben herab betrachtet.

7

Elf Uhr am Vormittag. Lupercia steht am Ladentisch, die Arme aufgestützt, und gähnt. Der Tag hat schlecht angefangen. Das Geschäft kommt nicht in Schwung, und gerade erst war die Dicke aus der Wohnung im Hochparterre da und hat sie aufgebracht zur Rede gestellt, was bitte der Stern von Bethlehem mit den Tangas und all dem anderen Schweinkram im Schaufenster zu tun habe.

»Sie haben überhaupt nicht das Recht, uns daran zu erinnern, dass Weihnachten vor der Tür steht«, bekam Lupercia zu hören.

Es ist nicht das erste Mal, dass diese Hexe Streit sucht, aber heute Morgen hat sie sogar mit einer Anzeige beim Polizeikommissariat um die Ecke gedroht, obwohl allgemein bekannt ist, dass in diesen Zeiten solche Anzeigen nichts mehr ausrichten.

Was Lupercia jedenfalls im Moment Sorgen macht, ist nicht die zornige Nachbarin, sondern die Tatsache, dass sie allein im Laden ist und jederzeit ein dahergelaufener Eierdieb hereinkommen, sie mit einem Messer bedrohen, sämtliche Büstenhalter und Strumpfbandhalter in einen Sack stecken und sich davonmachen könnte. Basilio hatte versprochen, bald wieder zurück zu sein, aber jeder weiß, dass der Kauf einer aufblasbaren Puppe nichts ist, was sich im Vorübergehen erledigen lässt. Sie selbst hatte einen ganzen Vormittag lang eine Puppe nach der anderen ausprobiert, ehe sie sich für Big John entschied.

»Ich wusste gleich, dass Big John die Puppe ist, die Sie suchen«, sagte Oswaldo an jenem Tag zu ihr, als sie mit strahlendem Gesicht aus der Kabine kam.

Übrigens ist sich Lupercia keineswegs mehr so sicher, ob ein Marinematrose die Puppe ist, nach der sie sucht. All diese Modelle wirken ein bisschen deprimierend seit den jüngsten Kriegen im Nahen Osten, und die Tattoos auf den Armen machen auch nicht mehr so viel her wie ehedem.

Vielleicht wäre ein einfacher Feuerwehrmann aus New York viel interessanter, überlegt sie.

Feuerwehrmänner sind kräftige Leute, die sehr geschickt darin sind, Feuersbrünste jeglicher Art zu löschen. Aber Puppen in Feuerwehruniform dürften kaum zu finden sein.

Das Telefon klingelt, und kaum hat sie den Hörer abgenommen, wird auf der anderen Seite schon wieder aufgelegt. Lupercia vermutet, es war die Nachbarin aus dem Hochparterre, die offenbar noch überlegt, wie sie die Kurzwarenhändlerin am besten ärgern kann.

8

»Ich glaube, im Lager haben wir noch ein paar Krankenschwestern«, sagt Oswaldo. »Ohne Nähte und billig, ganz wie Sie wünschen. Aber dummerweise können auch diese Puppen ein paar kleine Sachen sagen. Stumme Puppen werden nicht mehr gebaut.«

»Und was sagen sie?«

Oswaldo schließt die Augen und versucht, trotz seines Gerstenkorns, sich zu erinnern. Ihm gefallen die anspruchsvollen Kunden, die seine beruflichen Fähigkeiten auf die Probe stellen.

»Also mal sehen«, erinnert er sich. »Die mit den blauen Augen sagen, glaube ich, nicht mehr als ›Los, her mit deinem Schwengel!‹ Das können sie dann wiederholen, bis die Batterie leer ist.«

»Eigentlich eine ziemliche Schweinerei, finde ich«, murmelt Basilio.

Oswaldo will lieber auf Nummer sicher gehen. Manchmal versagt ihm das Gedächtnis, und er will bei seinen

Kunden keine falschen Erwartungen wecken. Also greift er zum Katalog und rutscht mit dem Zeigefinger die Liste der Krankenschwesternpuppen entlang. Wegen des Gerstenkorns kann er nur mit dem linken Auge lesen.

»Ja, genau wie ich gesagt habe, mein Herr«, sagt er dann. »Die Krankenschwestern mit den blauen Augen sagen ›Los, her mit deinem Schwengel!‹ Mehr aber nicht. Die mit den kastanienbraunen Augen hingegen sagen ihrerseits: ›Lösch mein Feuer, na los, du Sau!‹ Mehr nicht.«

»Eine unglaubliche Schweinerei«, sagt Basilio.

»Was wollen Sie denn?« Oswaldo lässt nie etwas auf seine Puppen kommen. »Für den Preis können Sie nicht mehr verlangen. Dafür kann ich Ihnen garantieren, dass sie Ihnen nicht mit lateinischen Reden in die Quere kommen. Wenn Sie das Gewimmer stört, nehmen Sie doch einfach die Batterie raus, dann ist sie stumm, und Sie können sie in aller Ruhe vögeln.«

»Aber da ist noch die Sache mit der Treue. Was können Sie mir dazu sagen?«

»Sie müssen bedenken, dass die billigsten Puppen ohne vaginale Sensoren hergestellt werden und sie deshalb weder Länge noch Umfang dessen erfühlen können, was in sie reingesteckt wird. Das bedeutet, dass sie im Prinzip Ihren Penis auch nicht mit dem eines möglichen Konkurrenten vergleichen können. Sie werden denken, dass es nicht das Risiko lohnt und sie gut genug mit dem Kerl fahren, bei dem sie zufällig gelandet sind.«

Basilio ist nicht überzeugt.

»Na gut, sie haben keine Sensoren. Aber sie merken es doch, wenn der Mann, der es ihnen besorgt, beim Sex praktisch ein Versager ist? Meinen Sie nicht, es könnte in diesem Fall vorkommen, dass sie sich lieber einen besser ausgerüsteten Liebhaber suchen?«

9

»Es ist so weit, ich muss raus hier«, sagt sich Marilyn. »Irgendwas ist mit Big John passiert.«

Mag sein, dass die Puppen der Baureihe HP-457 ein bisschen unanständig vom Band gelaufen sind, aber sie verfügen über Vorahnungen und Intuitionen, die viele Menschen gern selber hätten. Marilyn wirft sich gegen die Schranktür, und schon beim ersten Mal gibt das Schloss nach. Sie weiß, dass sie allein in der Wohnung ist, geht aber trotzdem auf Zehenspitzen, als fürchte sie, jemanden aufzuwecken. Sie betritt Lupercias Zimmer, öffnet die Tür des Kleiderschranks und entdeckt, was von ihrem Geliebten noch übrig ist.

Der makabre Fund kann sie nicht besonders erschrecken. Irgendetwas in dieser Art hatte sie schon erwartet.

»Dieser Ausbund von einer Nutte hat ihn in den Rücken gestochen«, stöhnt sie und berührt mit dem Finger das Loch in Big Johns Schulter.

Sie darf keine Zeit verlieren, Verzweiflung führt nirgendwohin. Marilyn ist eine praktisch veranlagte, tatkräftige Puppe. Und vielleicht findet sie noch zur rechten Zeit die richtige Lösung. Sie erinnert sich genau an den Tag, als Basilio ihr aus Versehen mit der Schlipsnadel einen Stich versetzte und ihr binnen Minuten die Luft ausging. Eine höchst unangenehme Erfahrung, aber ihr damaliger Geliebter ging in die Werkzeugkammer und flickte den Stich im Handumdrehen. Sie weiß also genau, was zu tun ist, ihre Schaltkreise haben innerhalb von Nanosekunden einen Plan entwickelt, dem sie folgen wird:

<u>Erstens:</u>
Zur Werkzeugkammer laufen, die Werkzeugkiste holen und so schnell wie möglich zum Schrank zurückeilen, wo Big Johns leblose Hülle liegt – mit abgeschalteten Schaltkreisen –, aus der jedoch nach wie vor seine Waffe aus besseren Tagen hervorragt.

<u>Zweitens:</u>
Den Bereich um den Stich herum – also den Wundbereich –, mit feinem Schmirgelpapier reinigen, Lösungsmittel auftragen, pusten, bis der feuchte Schein verschwunden ist, Gummipflaster auflegen und ein paar Minuten lang fest drücken.

<u>Drittens:</u>
Die Pumpe in Big Johns Ein- und Austrittsventil – es befindet sich in der Tat im Anus – einführen und ruhig, aber stetig Luft hineinpumpen, bis der Geliebte seine gewohnten Körperformen und Bewegungen wiedererlangt hat.

10

Es ist halb eins, und Basilio ist immer noch nicht zurück. Wenn er nicht in der nächsten halben Stunde wiederkommt, kann Lupercia ihren Marinematrosen heute nicht mehr kaufen.

Na gut, denkt sie, ein andermal. Nächste Woche vielleicht.

Sie verschwendet nicht mehr so viele Gedanken an einen neuen Gummiliebhaber. Es ist ihr nicht mehr ganz so wichtig.

118

Ein durchaus normaler Vorgang, könnte jeder halbwegs intelligente Beobachter meinen, der Lupercia einigermaßen kennt. Big Johns Treulosigkeit hat der Ärmsten die Lust aufs Vögeln verdorben oder, was dasselbe ist, die Lust auf einen neuen Fickbruder, der ihr einigermaßen gewachsen ist. Sie braucht erst einmal Zeit, um sich zu erholen. Schließlich ist es schon eine ganze Weile her, seit sie ihren ersten und auch ihren zweiten Frühling erlebt hat. Ab einem gewissen Alter nimmt man die Probleme mit dem Vögeln nicht mehr ganz so ernst, und über die mit der Liebe einhergehenden Enttäuschungen kommt man auch leichter hinweg. Möglich sogar, dass diese Frau im Begriff steht, sich einem lobenswerten Prozess der inneren Läuterung zu unterziehen.

Tatsächlich fällt es schwer, in Lupercia die zornige Matrone wiederzuerkennen, die noch vor weniger als vierundzwanzig Stunden ihrer Puppe einen Dolch in den Rücken jagte.

Können Menschen sich in so kurzer Zeit ändern? Welches ist die wahre Lupercia? Die wutentbrannte Frau, die gestern ihren Geliebten zur Hölle der lüsternen Puppen schickte? Oder aber die von Melancholie überwältigte Lupercia von heute Morgen? Oder gar alle beide, vereint in einer einzigen Person?

Wieder hat es zu regnen angefangen. Draußen laufen die Menschen geduckt unter ihren Regenschirmen am Wäscheladen vorüber, und niemand schaut auf den versilberten Stern, der am Papphimmel über dem Tor von Bethlehem und den fantasievollen Strumpfbandhaltern strahlt.

Der Regen fällt wie immer von oben nach unten. Manchmal zerbrechen sich Leute, die sonst nichts zu tun haben, über solchen Unsinn die Köpfe.

Wenn es umgekehrt regnen würde, denkt Lupercia und streicht sich mit der Spitze des Zeigefingers über das Oberlippenbärtchen, müssten die Leute auch die Regenschirme umgekehrt halten.

11

»Wenn der Preis das einzige Problem ist«, sagt Oswaldo, »dann könnten Sie ja mal was ganz anderes versuchen, zum Beispiel eine tragbare, von einer simplen Batterie betriebene Vagina, die bequem in eine Tragetasche passt. Wollen Sie mal sehen?«

»Hahaha«, lacht Basilio und schüttelt den Kopf. »Wie kommen Sie auf die Idee, ich gäbe mich mit so wenig zufrieden?«

»Na dann reden wir nicht weiter darüber«, sagt Oswaldo und wirft einen Blick auf seine Armbanduhr. »Wenn Ihnen so sehr daran gelegen ist, dann packe ich Ihnen jetzt Ihre Krankenschwester ein, und Sie können sie unter den Arm nehmen und nach Hause tragen. Sie werden sehen, sie ist ganz leicht – nur sieben Kilo. Ein Kinderspiel. Wenn man sie so sieht in ihrem Pappkarton, mit roten Wangen und offenem Mund – einfach zum Reinbeißen!«

Basilio ist sich nicht sicher, ob Oswaldo das alles ernst meint. Vielleicht macht der sich über ihn lustig. Das unterscheidet die guten von den weniger guten Verkäufern. Sie umgarnen dich mit Worten und noch mehr Worten, bis du am Ende nicht mehr weißt, was davon zu halten ist. Dumm nur, dass Oswaldo die Treue auch nur einer seiner Puppen partout nicht schriftlich garantieren mag.

»Ich jedenfalls bin der Meinung«, fährt Oswaldo fort, den das verlockende Geschäft sein Gerstenkorn hat vergessen lassen, »dass ein Mann Ihres Zuschnitts noch einen Blick auf andere, raffiniertere Modelle werfen sollte. Nicht immer sind die einfach gestrickten, billigen Puppen, sagen wir es doch frei heraus, die dümmsten, auch die treuesten. Was bitte hat Intelligenz mit Ehrlichkeit und Ehrbarkeit zu tun? Das ist doch bei Menschen genau dasselbe.«

»Sie haben Recht«, muss Basilio traurig zugeben.

»Wenn ich Ihnen ehrlich meine Meinung sagen soll«, flötet Oswaldo und legt die Hand aufs Herz, »niemand weiß hundertprozentig, ob die billige Puppe, nach der man sucht, sich nicht am Ende als Fickschwester der übelsten Sorte herausstellt.«

»Mir gefällt zwar nicht, wie Sie das sagen, aber überzeugt haben Sie mich«, sagt Basilio, »zeigen Sie mir andere Modelle.«

Es ist schon Viertel vor eins, und es regnet weiter von oben nach unten. Auch Basilio hat schon hundertmal darüber nachgedacht, ob man für den Fall, dass es von unten nach oben regnet, auch die Regenschirme andersherum aufspannen müsste.

Es wäre alles viel zu kompliziert, findet er.

Ihm ist es egal, wenn Lupercia ein bisschen länger warten muss. Er will sich Zeit lassen für die Wahl, die er am Ende trifft. Notfalls muss seine Frau eben alleine das Rollgitter herunterlassen, ohne dass ihr jemand dabei hilft.

12

Es ist wie ein Wunder. Big John ist wieder der Gleiche wie vorher. Kann sein, dass er sogar ein bisschen dicker ist und sein Penis, der die ganze Zeit über den Kopf nicht hängen ließ, noch ein bisschen steiler in die Luft ragt.

Marilyn fährt sich mit der Hand über die Stirn und bedenkt ihren Geliebten mit einem Blick voller Stolz. Sie hat ganze Arbeit geleistet.

»Ich liebe dich«, flüstert, kaum hörbar, Big John.

»*Libertas inaestimabilis res est*«, verkündet Marilyn.

»Du brauchst nicht länger auf Lateinisch zu reden«, bemerkt die Puppe.

Marilyn räuspert sich:

»*Près des remparts de Séville, chez mon ami Lillas Pastia …*«

Dass die schöne Zigeunerin eine der ersten Feministinnen der Geschichte war, kann sie nicht wissen.

»*J'irai danser la seguidille et boire du manzanilla.*«

Sie hat allen Grund, glücklich zu sein. Ihrem Geliebten hat sie das Leben wiedergegeben, und sie darf sich als eine der wenigen Heldinnen der Geschichte betrachten, die etwas Ähnliches zustande gebracht haben. Carmen ist das bei ihrem toten Torero nicht gelungen. Allerdings weiß sie nicht genau, ob damit schon all ihre Probleme erledigt sind. Vor ein paar Minuten haben ihre Schaltkreise, ohne ersichtlichen Grund, rabenschwarze Vorahnungen produziert.

Gerade in diesem Augenblick, zum Beispiel, könnte niemand sie daran hindern, sich ein dickes Rohr legen zu lassen, aber weder sie noch Big John fühlen sich jetzt dazu besonders motiviert. Fast scheint es so, als ob die beiden – trotz ihrer Eigenschaft als Kreaturen, die speziell dafür erdacht und produziert wurden – zu begreifen anfangen, dass Ficken nicht alles sein kann, nicht einmal in der frivolen Welt der aufblasbaren Puppen.

Sollten wir nicht lieber, so fragt sich die Puppe, weiter

in den Tiefen des Kleiderschranks verharren, fest umarmt und seufzend dem Klang der Harfen lauschen?

»Erzähl mir von der Liebe«, flüstert Marilyn, in einem Anfall von Sentimentalität, und streichelt mit dem Finger über das Pflaster ihres Geliebten.

»Die Liebe«, wiederholt Big John, indem er sich erneut an die auf seiner Festplatte programmierte Definition hält, »ist ein Zustand zwischen Besitzen und Nichtbesitzen.«

Viel mehr weiß er nicht, aber Marilyn genügt das. Draußen auf der Wäscheleine baumelt immer noch traurig der gewaltige Büstenhalter der Nachbarin, aber es sitzt keine einzige Taube mehr auf dem Sims. Sie haben sich aufgerafft und sind auf der Suche nach einem Sonnenstrahl davongeflogen.

13

Oswaldo nimmt Basilio am Arm – er macht das mit viel Zartgefühl, indem er leicht den Unterarm mit dem Daumen und dem Zeigefinger der rechten Hand umgreift – und begleitet ihn in eine Art heimliches Séparée für distinguiertere Kunden.

»Hier ist die gewaltige Lucrecia«, und mit diesen Worten öffnet er langsam die Türen eines mächtigen Schranks, »aufgezogen auf ein Gerüst aus Edelstahl. Ich habe sie noch nicht ausprobiert, aber es heißt, sie sei so robust, dass man sie auch als Wagenheber benutzen kann.«

»Gefällt mir nicht«, sagt Basilio sofort, »ich könnte nie eine Frau mit einem solchen Schnurrbart vögeln. Sind Sie sicher, dass sie nicht beißt?«

»Der Schein trügt. Lucrecia betrachten wir gewissermaßen als unsere feinste Kurtisane, und, selbstverständlich, als eine unserer distinguiertesten. Aber sehen wir weiter, hier haben wir die bezaubernde Gwendolyn mit ihrem sanften Lächeln. Hier, schauen Sie: Gerade achtzehn geworden, steht auf dem Etikett, das ihr an der Nase hängt, eine authentische Versuchung des Alters. Erst neulich habe ich sie einem Kunden gezeigt, ein Herr mehr oder weniger in Ihren Jahren, und der arme Mann konnte der Versuchung, sie anzufassen, nicht widerstehen und ist wie von Sinnen über sie hergefallen.«

»Sie ähnelt zu sehr der, die ich schon zu Hause habe. Bestimmt kann Gwendolyn auch Lateinisch und singt Opernarien.«

»Am schwierigsten waren die Brüste«, erklärt Oswaldo und geht ins Detail, »Sie machen sich keine Vorstellung, wie kompliziert die Kalkulation der maximalen Auflagelast ist, wenn Silikon im Spiel ist. Man hat ihr eine Art künstlicher Hypophyse in die Schädelbasisplatte eingebaut, die Oxytocin freisetzt, sodass jeder, der sie küsst, zu schweben meint.«

»Ich finde, sie sollte anders angezogen sein«, sagt Basilio.

»Leopardinnen mit den Augenflecken auf dem Fell gelten als Symbole der Wollust und des Begehrens.«

»Zum Henker mit den Leopardinnen«, sagt Basilio.

»Kommen wir zum Schluss zu unserer kleinen Margarita«, sagt Oswaldo. »Betrachten Sie den verschreckten Gesichtsausdruck. Es ist der Blick des unschuldigen Mädchens im Angesicht des Mannes, der ihr Gewalt antun will. Ein Püppchen, erdacht speziell zur Vorbereitung und Ausbildung künftiger Wüstlinge, will sagen, jener gewalttätigen Kerle, die schon vorher wissen wollen, wie das Gesicht ihrer zukünftigen Opfer aussieht. Sind Sie ein Wüstling? Würden Sie gerne einmal eine junge Frau vergewaltigen, haben aber nicht den Mut dazu? Wenn Sie das bejahen, wäre diese Puppe die beste Lösung.«

»Ich glaube, am Ende bleibe ich doch lieber bei der Krankenschwester«, sagt Basilio.

Oswaldo gibt sich noch nicht geschlagen und spielt seinen letzten Trumpf. Er öffnet einen dritten Schrank und präsentiert Kurosawa, die saugende Japanerin.

»Ein unschlagbares Modell«, erklärt er, »mit einmaligen Leistungen. Sie verstehen nichts, was man zu ihnen sagt, reden kaum und können lediglich ein paar wenige *tankas* rezitieren und drei, vier Sachen zum Thema Fujiyama, den heiligen Berg der Japaner. Jetzt kommen Sie nicht wieder damit, ich müsse es Ihnen schriftlich geben, aber so viel kann ich sagen: Diese Puppen sind überaus treu. Mit der Zeit werden Sie sie lieben. Und wenn sie Ihnen wegstirbt, verpflichtet sich der Hersteller, sie bei Ihnen zu Hause abzuholen und bei der Gelegenheit eine buddhistische Zeremonie zu feiern, damit ihre Seele Ruhe findet. Apropos Seele – damit meine ich, wie Sie sicher schon erraten haben, ihre künstliche Intelligenz. Na, was sagen Sie nun? Die Kurosawa ist außerdem speziell dazu gemacht, an Bacchanalen und *ménages à quatre* teilzunehmen.«

»Überlegen wir nicht länger«, entscheidet Basilio, »die da nehme ich.«

14

Punkt eins betritt die Sechzigjährige von neulich das Wäschegeschäft. Sie ist so betrunken, dass sie sich nur mit Mühe aufrecht halten kann. Die Haare hat sie sich rot gefärbt, und sie trägt einen Rock, der ihr zwar bis an die

Knie reicht, aber mit einem Seitenschlitz links, der einen Blick auf ihre Zellulitis erlaubt.

»Wir haben nichts Neues«, informiert sie Lupercia, und die Frau bricht einfach so in Tränen aus. Die Beine geben nach, und sie muss sich auf den einzigen Stuhl im Laden setzen.

»Sie sind doch nicht blöd, Sie wissen doch genau, dass ich keine Nichte habe«, stößt sie unter Schluchzen hervor.

Eine traurige Geschichte hat sie zu erzählen: Schon seit drei, vier Monaten kauft sie sämtliche Reizwäschemodelle, die sie finden kann, um ihren Mann anzumachen, der ihr seit drei Jahren nicht mehr ins Gesicht geschaut hat.

»Sie wissen doch, wie die Männer manchmal sind«, redet sie weiter und trocknet sich die Tränen, »meiner hockt den ganzen Tag lang vor dem Fernseher. Ich kann mich in Parfum baden oder nackt durch die Wohnung laufen. Nicht einmal am Wochenende beachtet er mich. Jeden Sonntagabend tritt er auf den Balkon hinaus und feuert zwei Stunden lang Raketen ab.«

Lupercia hat nun endlich ihre Nachbarin aus dem fünften Stock wiedererkannt.

»Glauben Sie nicht, Sie seien die Einzige, die ihren Mann zurückerobern möchte«, gesteht sie.

Auch Lupercia braucht jemanden, der ihr als Trostspender dient. Was das Problem angeht, so fühlt sie mit der Nachbarin, aber sie traut sich nicht, ihr aufblasbare Puppen zu empfehlen.

»Irgendwann demnächst springe ich vom Balkon«, murmelt die Frau und fängt wieder an zu weinen.

Ihre Nase ist rot wie eine Paprika, und die Schminke läuft ihr übers Gesicht. Vielleicht redet sie nicht nur, um zu reden, wie manche Leute, sondern macht am Ende ihre

Drohung wahr und stürzt sich vom Balkon oder aus dem Fenster, was in diesem Fall auf das Gleiche hinausliefe.

»Kommt gar nicht in Frage«, sagt Lupercia, »alles, aber kein Selbstmord.« Und sie findet den Moment gekommen, die Nachbarin über Eigenschaften und Vorteile jener Geliebten aus Silikon zu informieren, die jederzeit bereit sind, ihren Pflichten nachzukommen, obwohl sie in Ausnahmefällen, meist bei den raffiniertesten Modellen, zu unerwarteten Reaktionen neigen und übertrieben eifersüchtigen Frauen den einen oder anderen Verdruss bereiten.

15

Es ist fast halb zwei, aber Big John und Marilyn wagen sich noch immer nicht aus ihrem Kleiderschrank heraus. Die dunklen Vorahnungen wollen einfach nicht weichen.

»Was glaubst du, ist die Unendlichkeit?«, fragt Big John.

Es geschieht möglicherweise zum ersten Mal in der Geschichte, dass eine Puppe eine Frage von dieser Tragweite stellt, und dann auch noch einer anderen Puppe. Marilyn weiß keine Antwort. Vermutlich genauso wenig wie diejenigen, die sie programmiert haben.

»Ich werde dir etwas sagen«, fährt Big John fort, »neulich, als mir die Luft entwich, dachte ich zum ersten Mal, ich sei frei.«

»Unmöglich«, bemerkt Marilyn, »Tote können nicht denken. Und vor allem: Wie kann sich ein Toter frei fühlen, wenn er sich nicht mehr bewegen und gehen kann, wohin er will?«

»Wahrscheinlich war ich noch nicht tot. Jedenfalls hatte ich das Gefühl, als du mich nach und nach wieder aufgeblasen hast, dass ich nach und nach auch meine Freiheit verlor. Könnte die Tatsache, dass man Luft zum Weiterleben braucht, nicht auch bedeuten, dass wir nicht frei sein können?«

»*Libertas inaestimabilis res est*«, wiederholt Marilyn, die nie eine Gelegenheit auslässt, ihr liebstes lateinisches Sprüchlein vorzutragen. »Wenn du noch an so viele Dinge gedacht hast, warst du bestimmt nicht tot. Das war eher so eine Art Ohnmacht.«

»Warum haben sie uns so kompliziert gemacht?«, jammert Big John. »Wozu so viel künstliche Intelligenz und so viele Schaltkreise? Warum haben sie uns nicht ein bisschen blöder gemacht und damit auch ein bisschen glücklicher?«

Marilyn rollt mit den Augen und nimmt Big John ein wenig fester bei der Hand. Eine wunderschöne Hand, wirklich. Die Hersteller haben ein paar Adern auf dem Handrücken platziert, keine schlechte Imitation, aber nicht einmal eine verliebte Puppe würde jemals auch nur einen einzigen Tropfen Blut darin zirkulieren fühlen.

»Und wenn die Freiheit eine Lüge ist?«

Marilyn wagt auch jetzt nicht zu antworten. Sie findet es nicht gut, wenn sich aufblasbare Puppen solche Fragen stellen, mit denen sie sich am Ende gegenseitig auf die Nerven gehen.

»*Libertas inaestimabilis res est*«, beschränkt sie sich zu wiederholen, als wäre damit schon alles gesagt.

16

Die beiden Frauen haben sich rasch geeinigt: Männer sind herzlose Schweine, für die sich das Opfer nicht lohnt.

Die Sechzigjährige heißt Carmela und ist immer noch ziemlich betrunken. Sie sagt, ihr Mann, der mit den Raketen, habe eine Frau wie sie nicht verdient.

»Aber am Ende«, sagt sie, »verlangt mein Körper eben einfach, dass es ab und zu mal kracht.«

Um ihre Worte zu beweisen, steht sie auf und macht ein paar Tanzschritte. Mit erhobenen Armen dreht sie sich um sich selbst, aber dann verliert sie das Gleichgewicht und fällt wieder auf den Stuhl. Lupercia hat zu diesem Thema ihre eigenen Ansichten. Wenn man ein bestimmtes Alter erreicht hat, helfen auch Tangas und Reizwäsche nicht mehr viel. Aber sie will Carmela nicht sagen, was sie denkt, und beschränkt sich darauf, den Kopf hin- und herzuwiegen. Als sie aber sieht, dass im linken Auge der Nachbarin schon wieder eine Träne aufblitzt, hält sie doch den Moment für gekommen, an dem ein paar Geständnisse fällig sind. Sie räuspert sich und gesteht ihre Affäre mit einer Gummipuppe.

»Sie heißt Big John, aber der Saukerl hat mich bei erster Gelegenheit mit der Tussi von meinem Mann betrogen.«

Carmela will wissen, ob die Tussi auch eine Gummipuppe sei, und Lupercia antwortet, genauso sei es, eine reichlich teure Silikonpuppe, die lateinische Sätze und Opernarien von sich geben könne.

»Kann nicht jeder von sich behaupten«, sagt anerkennend die Nachbarin.

»Es ist nämlich so«, fährt Lupercia fort, »dass ich es ihm mit gleicher Münze heimzahlen wollte. Auge um Auge. Big John habe ich nur aus Verzweiflung gekauft. Wenn er freitagabends mit Marilyn vögelte, dann vögelte ich samstags mit Big John. Ich habe nicht ein einziges Mal nachgegeben. Was hätten Sie an meiner Stelle getan?«

Sie beißt sich auf die Unterlippe und blickt unbestimmt ins Leere.

»In Wahrheit liebe ich ihn immer noch«, schluchzt sie plötzlich. Carmela ist genervt und will wissen, wen sie immer noch liebt, den Ehemann oder den Silikongeliebten.

»Meinen Mann«, antwortet Lupercia, »was ich für Big John fühlte, war etwas anderes.«

»Also wissen Sie was? Diesen Big John würde ich ja gerne mal kennenlernen«, gesteht die Nachbarin und macht sich die Haare zurecht.

17

Viertel vor zwei. Die Zeit vergeht wie im Fluge. Basilio ist sich ziemlich sicher, dass Lupercia mit übelster Laune auf ihn wartet.

»Nachher kann ich ihr das alles erklären«, sagt er und geht schneller.

Er läuft so zerstreut durch die Straßen, das Paket mit der Puppe unter dem Arm, dass ihn an der Kreuzung Avenida del Sur und Ronda del Capitán Pocapena fast der Lieferwagen mit den Butangaspatronen überfährt.

Wir werden ja sehen, sagt er sich, als er den gegenüberliegenden Bürgersteig erreicht hat, ob Japanerinnen wirklich so niedlich und verständig sind wie behauptet.

Der Name Kurosawa jedenfalls gefällt ihm ganz gut. Er hat ihn schon ein paar Mal gehört, wo, weiß er nicht mehr. Zu Hause angekommen, geht er sofort in sein Zimmer. Er sehnt sich danach, sich die hübsch mit Luft gefüllte neue Puppe auf die Knie zu setzen. Er öffnet den Schrank und merkt gar nicht, dass Marilyn nicht mehr zwischen Staubsauger und Luftpumpe hockt.

130

Er pumpt Kurosawa auf, und als sie prall gefüllt ist, setzt er sie aufs Bett. Gleich vögeln will er sie noch nicht. Er nimmt sie mit ins Wohnzimmer und setzt sich mit ihr auf das Sofa vor dem Fernseher. Oswaldo hatte ihn darauf hingewiesen, dass die Kurosawa speziell für Orgien und Bacchanale programmiert sei, aber das schließt ja nicht aus, dass sie in Fragen Sex noch ein paar Sachen dazulernt, die sie im Fernsehen zeigen.

Er sucht mit der Fernbedienung Kanal 469, der sich vierundzwanzig Stunden täglich damit beschäftigt, den Leuten ein kulturell angemessenes Verhalten in Sachen Sex beizubringen, und schiebt Kurosawas Beine ein wenig auseinander. Die wasserstoffblonde Moderatorin heißt beide willkommen. Sie ist dafür bekannt, dass sie die Zuschauer manchmal mit ihrer herausgestreckten Zunge provoziert.

»Der heutige Abend«, sagt sie, »ist der sexuellen Aktivität der wirbellosen Tiere gewidmet.«

Basilio reibt sich die Hände. Davon hat die Kurosawa garantiert noch nie etwas gehört. »Die Paarung der Mücken dauert nur ein paar Sekunden«, beginnt die Wasserstoff-Moderatorin.

Gedankenschwer wiegt sie den Kopf hin und her, als wolle sie den Zuschauern zu verstehen geben, dass sie nicht gern an der Stelle der weiblichen Mücke wäre.

»Die Mücken haben bestimmt auch keinen langen Schwanz«, sagt Basilio zu Kurosawa und bereitet das Terrain.

Seine neue Geliebte soll in dieser Hinsicht lieber keine großen Dinge erwarten. Er will nicht, dass sie im Moment der Wahrheit aus allen Wolken fällt wie Marilyn, als sie sich seinen acht Zentimetern gegenübersah.

18

Carmela hilft Lupercia, eine Flasche Anisschnaps zu leeren, die Basilios Frau noch in der Rumpelkammer aufbewahrte, und beide fühlen sich wie im siebten Himmel.
Carmela verschwendet keinen Gedanken mehr an ihren
fußballverrückten Mann mit seinen Raketen und benga-
lischen Feuern. Um Viertel vor zwei lassen sie ohne
Schwierigkeiten das Metallgitter herunter, verriegeln die
Tür mit einem Vorhängeschloss und gehen Arm in Arm
die Straße hinunter.

»Links-zwo-drei-vier«, skandieren sie wie aus einem
Munde, wie die Soldaten.

Sie betreten eine Eckkneipe, suchen sich einen freien
Platz am Tresen, und Lupercia bestellt zwei Anisschnaps.
In der Küche braten sie Sardinen, man kann den Bratmief
mit dem Messer schneiden.

»Die Sardinen haben auch nicht gerade Glück gehabt«,
sagt Lupercia.

»Warum sagst du das?«, fragt Carmela.

»Wenn sie fertig sind, servieren sie sie einem der Dep-
pen hier mit Knoblauch und Petersilie.«

Ganz Unrecht hat sie damit nicht. Carmela schnappt
sich den Kneipenwirt und sagt, dass sie der Gestank der
gebratenen Sardinen anekelt und der beste Mann der Welt
gerade gut genug ist, am nächsten Laternenpfahl zu baumeln. Beides hat wenig miteinander zu tun, aber es ist ihr
gleichzeitig eingefallen. Lupercia bricht in Gelächter aus,
aber der Wirt starrt unverwandt auf den Fernseher, der im
Regal zwischen den Flaschen steht.

»Frauen wie wir dürfen nicht so einfach aufgeben«, sagt
Carmela.

Sie leeren ihre Schnapsgläser und gehen Hand in Hand

hinaus. Wieder verfallen sie in ihren Marschtritt. »Links-zwo-drei-vier – vorwärts Marsch!« Sie laufen die Calle General Recaredo entlang, und als sie an der Haustür angelangt sind, lädt Lupercia Carmela ein, noch kurz mit hinaufzukommen, damit sie sich ansehen kann, was von Big John noch übrig ist.

»Ein Jammer, dass er schon tot ist und sich nicht mehr bewegen kann«, klagt Carmela.

Sie betreten das Wohnzimmer in dem Moment, als Basilio der Kurosawa erklärt, dass es manchen Männern völlig genügt, mit ihren aufblasbaren Puppen reden zu können, auch wenn die nichts verstehen und nicht darauf antworten können.

»Das heißt, dass ich dich nicht nur liebe, weil ich dich ficken will«, sagt er und streichelt ihre Wange. »Wo ist denn dein Matrose?«, fragt er dann seine Frau.

»Es gibt keinen, der sich lohnen würde«, antwortet Lupercia.

Und bevor Basilio weitere Fragen stellen kann, stellt sie ihm Carmela vor, die sich breitbeinig in den einzigen Sessel im Wohnzimmer hat fallen lassen.

»Das ist die Nachbarin aus dem fünften Stock«, erklärt Lupercia. »Die Frau von dem, der immer Raketen abschießt. Du hast sie schon kennengelernt. Neulich war sie bei uns im Laden und wollte Reizwäsche für ihre Nichte kaufen.«

»Quatsch, von wegen Nichte«, protestiert Carmela. »Ich habe doch gar keine Nichte.«

»Tja, und hier ist meine neue Freundin«, stellt Basilio vor. »Sie heißt Kurosawa. Sie mag es, wenn man sie auf den Hals küsst. Ein Wunderwerk, das zwar nur vier Sachen sagen kann, dafür aber extra eingerichtet ist, um bei *ménages à quatre* mitzumachen.«

»Was soll das heißen?«, fragt Carmela.

Basilio hätte es lieber gesehen, wenn seine Frau und die Nachbarin nicht so betrunken gewesen wären, aber er tröstet sich mit dem Gedanken, dass Kurosawas Programmierung wahrscheinlich nicht ausreicht, um Betrunkene von nüchternen Menschen zu unterscheiden. Lupercia geht in die Küche und kommt mit der letzten Flasche Anisschnaps zurück, die in der Speisekammer noch übriggeblieben ist. Es ist zwar schon drei Uhr nachmittags, aber ans Essen denkt hier keiner.

19

Marilyn und Big John verharren eng umschlungen im Schrank.

»Ich fürchte, die Lage wird mit jedem Augenblick schlimmer«, sagt er. »Die Schweine versperren uns den Fluchtweg. Wir kommen nicht aus dem Haus, ohne dass sie uns bemerken.«

Marilyn verwandelt sich für einen Moment in die Heldin aus dem dritten Akt von *Tosca*, kurz bevor diese sich von der Dachterrasse der Engelsburg in die Tiefe stürzt. In solch transzendentalen Momenten funktionieren ihre Schaltkreise punktgenau.

Senti … l'ora è vicina;
Io già raccolsi
Oro e gioielli … una vettura è pronta

Im Salon wandert unterdessen, während Marilyn *sotto voce* im Schrank singt, die Flasche von Hand zu Hand. Die Einzige, die, unbeeindruckt von dem ganzen Tohuwabohu, still sitzen bleibt, ist die Japanerin Kurosa-wa.

»Hahaha«, lacht Basilio, der schon nach drei Schlucken reichlich betrunken ist.

Und im Überschwang wirft er Carmela die Puppe zu, wie einen Ball.

»Los, mach schon, gib ihr einen Kuss!«, schreit er.

Carmela ist ganz entzückt und nimmt die Kurosawa in den Arm.

»Ein schön versautes Flittchen, dem es garantiert vor gar nichts graust«, sagt sie.

Aber dann streichelt sie ihr die Brüste und fügt traurig hinzu, vor Jahren, in ihrer Jugend, hätte auch sie mit einem schön festen Busen prahlen können, genau wie die Puppe.

»Damals«, seufzt sie, »sind mir die Titten noch nach oben gefallen.«

»Hoho«, lacht Basilio, die Flasche in der Hand, »seit wann fallen Titten denn nach oben?«

»Was machst du denn jetzt mit Marilyn?«, fragt Lupercia.

»Kann sein, dass ich sie verkaufe«, antwortet ihr Mann, »aber wahrscheinlich kommt sie in die Mülltonne. Niemand verschwendet einen Heller für gebrauchte Puppen.«

Marilyn, die die Drohung vernommen hat, beginnt leise das *Addio a la vita* zu singen, obwohl die Arie eigentlich von Toscas Geliebtem, Mario Cavaradossi, gesungen wird, kurz bevor sie ihn füsilieren.

»*E lucevan le stelle*«, murmelt Marilyn, fest an ihren Big John geschmiegt.

»*O dolci baci*«, singt seinerseits Big John. »*O languide carezze* ...«

»Stimmt«, sagt sich Marilyn, »ich glaube, an diesem Punkt angekommen, bleibt uns als einziger Ausweg der Tod.«

Aber sie tröstet sich mit dem Gedanken, dass der Tod für Puppen, soweit sie gehört hat, verglichen mit dem der Menschen eine viel schlichtere Angelegenheit ist. Er beschränkt sich auf eine einfache Havarie, ein technisches Versagen, keine Puppe stirbt in diesen Zeiten auf andere Weise, zumal jetzt, wo die Kosten für Reparaturen ins Uferlose gestiegen sind und keiner mehr weiß, wie man die Sachen wieder zusammensetzt. Und so kommt unabwendbar der Tag, an dem die Puppen, egal wie raffiniert, aufhören zu funktionieren, und schon ist alles vorbei, ohne Nachforschungen und metaphysische Komplikationen.

Es kommt jetzt auf die Frage an, denkt Marilyn, ob Big John bereit ist, mit mir zu sterben.

20

Im Wohnzimmer der Menschen aus Fleisch und Blut geht es immer hitziger zu. Carmela hält immer noch die Kurosawa im Arm und streichelt ihr mit der Fingerspitze die Brüste.

»Es gab eine Zeit, da waren meine genauso«, seufzt sie.

Basilio schreit, sie solle ihm die Puppe wiedergeben, aber die Nachbarin will nicht. Vielleicht hat sie gerade entdeckt, dass Frauen ihr eigentlich viel besser gefallen. Lupercia ist unterdessen hinausgegangen, um noch eine Flasche zu suchen. Der Anisschnaps ist alle, aber in der Küche stehen noch zwei, drei Flaschen mit kubanischem Rum.

Wieder zurück, stellt sie den Fernseher lauter und setzt sich auf das Sofa. Vor einer halben Stunde ist vor dem

Rathaus eine Bombe explodiert, und die Sendung mit den sexuellen Kuriositäten muss leider unterbrochen werden.

›Die sollten lieber mehr vögeln, dann ginge es ihnen besser«, sagt sich Lupercia, während sie an die Terroristen denkt.

›Am besten, wir gehen alle zusammen ins Bett und sehen zu, was verdammt nochmal passiert«, schlägt Basilio vor.

Gesagt, getan. Sie lassen den Fernseher laufen, wo mit Trauermiene die Namen der Opfer verlesen werden, gehen nach nebenan in Lupercias Zimmer, ziehen sich aus und brechen, als sie endlich nackt voreinander stehen, in wieherndes Gelächter aus.

Unterdessen haben Marilyn und Big John beschlossen, der sündigen Welt Adieu zu sagen und aus dem Fenster zu springen.

All diese Schweine haben uns einfach nicht verdient, findet Big John und übertreibt ein wenig.

Sie stürzen sich genau in dem Moment ins Leere, als die Nachbarin von gegenüber ihren Büstenhalter von der Wäscheleine nimmt.

Die Puppen werfen sich Hand in Hand in die Tiefe, aber anstatt zu fallen, segeln sie wie zwei verliebte Luftballons durch die Luft. Der Wind trägt die eng Umschlungenen, eskortiert von einem halben Dutzend schneeweißer Tauben, zum blauen Himmel empor und hoch hinweg über die Häuser der Stadt. Sie überfliegen den Industriegürtel und smaragdgrüne Wiesen, auf die herabzufallen und zu sterben ihnen gleichgültig wäre, aber der Wind trägt sie weiter fort, bis sie nicht mehr zu sehen sind.

Anstelle eines Nachworts

An diesem Punkt angelangt, bricht Ramóns Mittelstreckenroman einfach ab. Meiner Meinung nach ein wenig überstürzt, ohne dem Leser die Zeit für einen wohldurchdachten Abschluss zu lassen. Ich finde deshalb, wir haben hier ein schlechtes Beispiel für einen dieser Romane, die bisweilen als interaktiv beschrieben werden, denn die Leser sind es, die den Schlusspunkt bestimmen, jeder nach Maßgabe seiner Erfahrungen und Sensibilitäten.

Die Frage ist doch: Was geschieht denn mit den beiden Kreaturen? Fliegen sie endlos weiter? Kommen sie irgendwann ins Paradies der Seligen? Bleiben sie für alle Ewigkeit da oben, in Gesellschaft von Engeln, Seraphen und Cherubinen? Stürzen sie irgendwann in den nächsten Tagen ab, vom Blitz getroffen? Nimmt sie irgendein Wildschütz aufs Korn und knallt sie, neidisch auf das Glück dieser beiden Puppen, vom Dach seines Hauses mit einer würdelosen Schrotflinte ab?

Ich jedenfalls bleibe bei meiner Meinung; hier handelt es sich um eine Geschichte, die unerträglich ist. Absolut inakzeptabel, sogar heutzutage, wo sowieso schon so viel Unsinn gelesen wird. Schlecht ausgedacht, schlecht ausgeführt, schlecht abgeschlossen. Niemand wird mich vom Gegenteil überzeugen. All diese Tricks mit den verschiedenfarbigen Blättern und Umschlägen, die Anspielung auf Kolumbus und die Chirimoyas gleich zu Beginn, und dann auch noch die sinnlosen typographischen Finten mit der Adobe-Garamond – nichts davon hat genützt: Die Geschichte ist reiner Blödsinn, egal wo man anfängt, und ich denke überhaupt nicht daran, Ramón bei stilistischen Verbesserungen und der Endredaktion zu helfen.

Ich will hier nicht einen Fehler nach dem anderen aufführen, aber ich möchte doch darauf hinweisen, dass im Falle dieser Missgeburt – deren einziger Vorteil in ihrer Kürze liegt – es nicht der Autor ist, Ramón also, der von seinen Figuren abhängt, sondern dass es die Figuren sind, die von ihrem Autor abhängen. Diese bedauernswerten Fabelwesen (nie war dieses Wort treffender) treten nicht im Einklang mit ihren authentischen Bedürfnissen in Erscheinung, sondern allein in Funktion dessen, was Ramón aus rein logistischen Gründen gerade passt.

Anders gesagt: Diese literarischen Kreaturen gehen nicht ihre eigenen Wege, sondern taumeln, wohin mein guter Freund sie aus reiner Willkür schickt.

All das kommt zu den Schwierigkeiten noch hinzu, die jeden vernunftbegabten Leser mit Sicherheit plagen dürften (oder plagen werden, sollte dieser Schund eines Tages publiziert werden), wenn er sich mit der Menschlichkeit einiger Silikonfiguren abfinden soll, auch wenn sie, unter anderem, imstande sein mögen, sich zu verlieben, Opernarien zu singen und sich, auf Kosten des armen Platon zum Beispiel, als Intellektuelle aufzuspielen.

Ramón, mein Freund – so werde ich ihm entgegenhalten, sollte er mich während der nächsten Tage besuchen, um meine definitive Meinung zu erfahren –, du hast da einen prächtigen Schwachsinn fabriziert. Möge dir niemand, schon gar nicht unsere famosen Kritiker, etwas anderes einflüstern.

Zum Abschluss werde ich gestehen, während ich ihm das Originalmanuskript mit einer Verbeugung zurückgebe, dass mir nach wie vor die Romane über unseren letzten Bürgerkrieg die liebsten sind, und sei es auch nur, weil sie das historische Gedächtnis wiedergewinnen und bewahren, das wir, wie man uns mitteilt, angeblich schon einmal verloren haben.

Wenn du es unbedingt wissen willst, so werde ich ihm am Ende nachrufen, ich mag auch jene historischen Romane, die neuerdings so in Mode gekommen sind. Ich wäre sogar bereit, für den Fall, dass wir eine finanzielle Übereinkunft träfen (die mir endlich erlaubt, das Geschäft mit den Chirimoyas aufzugeben), gemeinsam mit dir einen zu schreiben, der zum Beispiel die großen Hindernisse zum Gegenstand hat, welche sich der bedauernswerten Isabel der Katholischen beim Versuch in den Weg stellten, zur Finanzierung von Kolumbus' Reise nach Australien ihre Kronjuwelen zu verkaufen.

Das Verbrechen im Orientkino   Roman

Tomeos spannendster Roman, ein Psychothriller, in dem jede
Geste aus der Scheinwelt des Kinos zu kommen scheint und
doch reale Folgen hat.

Aus dem Spanischen von Heinrich von Berenberg
Quart*buch*. Leinen. 160 Seiten

Mütter und Söhne   Roman über Monster

Zwei Söhne unterhalten sich über Leben, Beruf und ungeklärte
Morde – im Hintergrund räuspern sich die Mütter.

Aus dem Spanischen von Elke Wehr
S*V*LTO. Rotes Leinen. Fadengeheftet. 128 Seiten

Hotel der verlorenen Schritte   Erzählungen

Ein Touristenhasser entdeckt Marsmenschen, ein friedlicher
Nachbar sieht sich einem feindlichen Heer gegenüber. Zwei
Männer in einem Café streiten darüber, wessen Vater den besse-
ren Beruf hatte – der Boxer oder der Zuckerbäcker?

Der spanische Meister des schwarzen Humors beschreibt in
seinen neuen Erzählungen Dinge, die wir bislang für unmöglich hielten.

Aus dem Spanischen und mit einem Nachwort von Heinrich von Berenberg
S*V*LTO. Rotes Leinen. Fadengeheftet. 96 Seiten mit Zeichnungen des Autors

Javier Tomeo
Der Mensch von innen und andere Katastrophen

So verschieden die Helden dieser Geschichten auch sind – Fliegen, Zugreisende, Tintenfische, Theaterbesucher – es eint sie
das bizarre Reich ihres Innenlebens, in dem der Schielende dem
Kurzsichtigen die Welt erklärt.

Aus dem Spanischen von Elke Wehr. Mit einem Nachwort von Rafael Conte
WAT 318. 96 Seiten

Juan & Juanita   Spanische Liebesgeschichten

Was ist aus dem guten alten spanischen Macho geworden? Gibt es ihn noch, oder hat sich Don Juan inzwischen in eine Doña Juanita verwandelt? Genauere Antworten darauf gibt dieses *SVLTO* …

Zusammengestellt von Marco Thomas Bosshard
SVLTO. Rotes Leinen. Fadengeheftet. 144 Seiten

Juan Marsé   Liebesweisen in Lolitas Club   Roman

Wenn Zwillinge ein und dieselbe Frau lieben – eine raffinierte Dreiecksgeschichte, erzählt vom katalanischen Großmeister der spanischen Literatur.

Aus dem Spanischen von Dagmar Ploetz
Quart*buch*. Gebunden mit Schutzumschlag. 256 Seiten

Berta Marsé   Der Tag, an dem Gabriel Nin den Hund seiner Tochter im Swimmingpool ertränken wollte   Kurzprosa

Gehen Sie dieser jungen Spanierin nicht auf den Leim! Und vergessen Sie nie: Alles kann immer noch viel schlimmer kommen … Berta Marsés Kurzgeschichten sind regelrechte Kabinettstücke an Erzählkunst – mit trügerischen Alltagsidyllen, die sie knapp und lakonisch beschreibt.

Aus dem Spanischen von Angelica Ammar
Quart*buch*. Gebunden mit Schutzumschlag. 176 Seiten

Wenn Sie mehr über den Verlag oder seine Bücher wissen möchten, schreiben Sie uns eine Postkarte (mit Anschrift und ggf. E-Mail). Wir verschicken immer im Herbst die *Zwiebel*, unseren Westentaschenalmanach mit Gesamtverzeichnis, Lesetexten aus den neuen Büchern und Photos. *Kostenlos!*

Verlag Klaus Wagenbach   Emser Straße 40/41   10719 Berlin   www.wagenbach.de

Die spanische Originalausgabe erschien 2008 unter dem Titel
Los amantes de silicona bei Anagrama in Barcelona.

Diese Ausgabe wurde mit Unterstützung der Abteilung
für Bücher, Archive und Bibliotheken des spanischen
Ministeriums für Bildung, Kultur und Sport übersetzt.

La presente edición ha sido traducida mediante una ayuda
de la Dirección General del Libro, Archivos y Bibliotecas
del Ministerio de Educación, Cultura y Deporte de España.

ISBN   978 3 8031 3228 4